EL MUNDO OCULTO DE

SABRINA

El camino de la bruja

EL MUNDO OCULTO DE

SABRINA

El camino de la bruja

S

Una precuela de Sarah Rees Brennan

Traducción de Jeannine Emery

⟫ PUCK ⟪

Argentina – Chile – Colombia – España
Estados Unidos — ... ...uguay

Título original: *The Chilling Adventures of Sabrina. Season of the Witch*
Editor original: Scholastic Inc.
Traducción: Jeannine Emery

1.ª edición: noviembre 2019

ISBN: 978-84-92918-76-8
E-ISBN: 978-84-17780-60-9
Depósito legal: B-21.639-2019

Fotocomposición: Ediciones Urano, S.A.U.
Impreso por: Rodesa, S.A. – Polígono Industrial San Miguel
Parcelas E7-E8 – 31132 Villatuerta (Navarra)

Impreso en España – *Printed in Spain*

Para Kelly Link, mi villana favorita y poseedora del hechizo de la «palabra prohibida», que siempre sabe cómo encontrar las formas extrañas de la belleza.

Salve Satán.

Aquello que puedas hacer o que sueñes que puedas hacer, hazlo.
La audacia tiene genio, poder y magia. Hazlo ahora.

—Atribuible a Goethe

ALGO MALVADO

Habíamos visto a la chica en las afueras del bosque a comienzos de septiembre. Su vehículo deportivo de color rojo estaba aparcado bajo los árboles, y llevaba puesto un abrigo verde. Parecía un anuncio de coches capaz de convencer a cualquier chico de querer comprarlo.

Yo tampoco estaba nada mal. Mi tía Hilda me decía siempre que era tan adorable como un insecto y la verdad era que ella creía que los insectos eran adorables. Habría felicitado mentalmente a la chica por haber sido bendecida por la Madre Naturaleza y seguido mi camino sin echarle otra mirada... si mi novio no hubiera estado comiéndosela con los ojos.

Harvey me acompañaba a casa desde el instituto. Habíamos estado caminando a toda prisa antes de que tropezáramos con la chica, porque el viento soplaba con más fuerza. Una ráfaga nos ciñó como un látigo invisible. Observé las primeras hojas cayendo de los árboles como un súbito remolino de tonos verdes, bello y luminoso. Brillaban en el aire como una lluvia de esmeraldas y, de pronto, sentí una punzada de nostalgia. Faltaba muy poco para el final del verano.

Un manto de gruesos nubarrones grises avanzó sobre las copas de los árboles. El sol desapareció, y Greendale quedó sumido en sombras. La noche llegaría pronto.

Le di un suave codazo a Harvey e intenté hablar con ligereza.

—Es muy bonita, pero hace un frío de mil demonios.

—Oye, ella no es nada comparada contigo —señaló—. Pero el coche es una belleza.

—Claro, así que mirabas el coche.

—¡*Por supuesto* que sí! —protestó—. ¡Brina!

El viento tiraba de mi abrigo con insistencia mientras atravesaba corriendo las hojas recién caídas, como si hubiera fantasmas al acecho. Harvey corrió detrás de mí, queriendo atraparme. Seguía protestando y riendo. Dejamos a la chica de verde atrás.

Harvey, Roz, Susie y yo nos habíamos convertido en mejores amigos el primer día de clases, como suele suceder entre los chicos: desconocidos con la primera campana, íntimos a la hora de almuerzo. La gente decía que los chicos dejaban de querer jugar con chicas y que perderíamos a Harvey a medida que creciéramos. Jamás sucedió.

Lo he querido toda mi vida, y he estado enamorada de él casi durante el mismo lapso de tiempo. Fue mi primer beso, y jamás he querido a otro.

Recordaba un paseo que dimos a mitad de curso. Cruzábamos el bosque de Greendale y encontramos un pozo abandonado junto a un arroyo. Harvey estaba tan entusiasmado con el descubrimiento que se sentó a la orilla del riachuelo y realizó un dibujo del pozo en ese mismo instante. Miré a hurtadillas su oscura cabeza, inclinada sobre las páginas de su cuaderno de dibujos, y deseé que fuera mío. Pero no tenía una moneda para arrojar dentro del pozo, y cuando lo intenté con una roca, fallé el tiro.

Era invierno cuando Harvey me preguntó si quería ir al cine. Fui y me quedé sorprendida y encantada al darme cuenta de que seríamos solo nosotros dos. Estaba tan excitada que aún no sé qué sucedió en aquella película. Solo recordaba el roce de nuestras manos en el momento en que los dos quisimos tomar un puñado de palomitas de maíz. Algo muy simple y tonto, pero aquella sensación de su mano fue como una descarga eléctrica.

La extendió y entrelazó mis dedos cubiertos de sal con los suyos, y pensé: *Así arden las brujas.*

Mi recuerdo más vívido de la noche fue cuando me acompañó a casa, se inclinó hacia mí y me besó junto a la verja. Cerré los ojos y el beso fue suave, y me sorprendió que el huerto de manzanos no se transformara en un jardín de rosas rojas en plena floración.

A partir de ese momento, Harvey y yo nos dábamos la mano en el instituto, me acompañaba a casa todos los días y teníamos citas. Pero jamás planteé el tema de si lo nuestro era oficial, si éramos novio y novia. Otras personas lo llamaban mi novio, pero yo nunca lo he hecho… aún no.

Me daba miedo perder lo que teníamos. Mi familia me repetía constantemente que lo nuestro no podía durar.

Y yo temía que él no sintiera lo mismo que yo.

Sabía que le gustaba a Harvey. Sabía que jamás me haría daño. Pero quería que su corazón se acelerara al verme, como exigiéndole entrar en su alma. Y me preguntaba si se había conformado con lo que resultaba seguro y familiar. La vecina de al lado, no la chica de sus sueños.

A veces quería que me mirara como si yo fuera mágica.

Después de todo, *era* mitad bruja.

Harvey me dejó en la puerta con un beso, como siempre. Había entrado a saludar alguna que otra vez, por supuesto, pero mantenía separados a mis amigos y a mi familia. Cerré la puerta y me dirigí hacia el delicioso aroma azucarado que flotaba a través del corredor.

—*Possum*, has llegado —llamó a voces la tía Hilda desde la cocina— ¡Estoy preparando mermelada! Tiene todos tus productos favoritos de la huerta: fresas, moras, globos oculares…

—¡No! —exclamé— ¡Tía Hilda! ¡Ya hemos hablado de esto!

Me detuve en la entrada de la cocina y miré a mi tía con horror y la sensación de haber sido traicionada. Se encontraba delante de nuestra cocina de hierro fundido, mezclando una mermelada de color sangre en una olla del tamaño de un caldero. Tenía un delantal de color rosa que decía: ¡BESA A LA COCINERA!

Me miró parpadeando.

—Es deliciosa, ya lo verás.

—Estoy segura de que lo veré —dije—. La pregunta es, ¿lo hará la mermelada?

El rostro suave y dulce de la tía Hilda se volvió suavemente y dulcemente perplejo.

Mi familia realmente no entendía nada sobre los paladares mortales. Cuando era joven, la tía Zelda me daba largos sermones sin ningún tipo de sentido acerca de lo nutritivas que eran las lombrices, y el hecho de que hubiera niñas brujas que se morían de hambre en Suiza.

La tía Hilda, que es mucho más relajada que la tía Zelda, siempre aceptó mis tontas costumbres mortales con un ademán de indiferencia. Se acercó caminando y le dio un afectuoso tirón a mi pelo con la mano que no sostenía la cuchara de madera manchada de rojo.

—Mi niña quisquillosa. Nunca quieres comer lo que es bueno para ti. Quizás cuando accedas a todos tus poderes, las cosas sean diferentes.

Incluso en mi acogedora cocina, con el tibio aroma impregnado de azúcar, sentí un escalofrío.

—Quizás.

La tía Hilda me miró con una sonrisa amplia.

—Casi no puedo creerme que esté a punto de llegar tu decimosexto cumpleaños. Me parece que fue ayer cuando tu tía Zelda y yo ayudamos a que nacieras. Estabas tan tierna, toda cubierta con sangre y mucosa, y tu placenta fue deli…

—Por favor, no sigas.

—Oh, ¿te da vergüenza?

—Eh… En realidad, asco.

—Fue un momento precioso y especial. Tu pobre madre quería darte a luz en el hospital. ¿Te imaginas?

La tía Hilda se estremeció.

—Los hospitales son poco higiénicos. Jamás dejaría que acabaras en uno de esos terribles lugares. Desde el principio fuiste mi niña preferida, y me prometí a mí misma que te cuidaría. Y mírate ahora. Mi bebé, tan crecida ¡y lista para cederle tu alma a Satán!

Pellizcó mi mejilla y se giró de nuevo hacia su mermelada. Tarareaba como si no hubiera una idea más encantadora en el mundo.

Esa era mi familia: me quería, y me quería aún más avergonzándome. Se preocupaba continuamente por lo que comía y era estricta con mis lecciones, siempre quería lo mejor y esperaba mucho de mí.

No tan diferente de cualquier otra familia… salvo por la devoción al Señor Oscuro.

El canturreo de la tía Hilda se extinguió.

—Aquí todo está muy tranquilo. Tu tía Zelda ha ido a hacer una consulta al padre Blackwood, así que solo somos tres para cenar. ¿Cómo está tu pretendiente?

—No es oficialmente mi novio —dije—. Ni, supongo, mi pretendiente, pero se encuentra bien.

—Me alegro —dijo Hilda con ojos soñadores—. Es un chico dulce. Me preocupan Harvey y su hermano. En una casa sin madre, donde gobierna un hombre frío, es un niño quien paga el precio.

Pensar en Harvey solía reconfortarme, pero ese día no.

Carraspeé.

—¿A dónde está Ambrose?

—Oh, tu primo está en el tejado —dijo la tía Hilda—. Sabes cómo le encantan las tormentas de verano.

Subí a través del desván para ver a mi primo.

El cielo nocturno estaba oscuro y el aire soplaba las hojas con fuerza. Ambrose estaba de pie justo en el borde de nuestro tejado inclinado, bailando y cantando al compás de la última brisa de verano. Tenía una cobra envuelta alrededor de su cintura: la cabeza con forma de huevo se encontraba en el lugar donde estaría la hebilla del cinturón; sus ojos dorados brillaban como piedras preciosas. Sujetaba una segunda cobra, como un micrófono, con la cola escamosa envuelta alrededor de su muñeca. Cantaba directamente dentro de la boca abierta llena de colmillos mientras se mecía y giraba como si la pendiente del tejado y nuestra canaleta fueran una pista de baile. Ambrose bailaba con las hojas, bailaba con los vientos, bailaba con la noche entera. Las hojas caían a su alrededor girando como papel picado, y el viento siseaba como mil serpientes más.

Ahuequé mis manos alrededor de mi boca y lo llamé.

—Había escuchado la expresión «moverse como una serpiente», ¡pero esto es ridículo!

Mi primo se giró. Al hacerlo, los fuertes vientos dejaron de soplar sobre nuestra casa. La ilusión de las cobras se extinguió hasta desaparecer.

Me guiñó el ojo.

—Lo mío son las metáforas —replicó—. Literales. Bienvenida a casa, Sabrina. ¿Cómo va el malvado mundo allá fuera?

Cuando era pequeña, siempre solía preguntar por qué mi primo Ambrose no podía salir a jugar conmigo en el bosque. La tía Hilda le explicó a la Sabrina de seis años que estaba atrapado en casa porque lo habían castigado.

—Debes saber que su castigo fue injusto, Sabrina, y hay que quererlo aún más por ello —me había dicho—. Cuando estás en plena ebullición juvenil, es natural que bromees molestando a las chicas, provocando accidentes de carruajes, ahogando a marineros, quemando ciudades, derribando civilizaciones, y así sucesivamente. Los chicos son chicos.

Pasaron años antes de que me enterara lo que realmente había hecho.

La tía Hilda siempre había sido excesivamente complaciente con Ambrose. No era su madre; él era un primo muy distante, pero ella se había trasladado a Inglaterra y lo había criado cuando era pequeño y necesitaba a alguien. Los dos habían vivido juntos allá durante tanto tiempo que, casi un siglo después, la tía Hilda aún conservaba el acento inglés. La imaginaba cuidando a un Ambrose diminuto, derrochando magia y ayuda maternal, descendiendo del cielo como una Mary Poppins satánica.

El hechizo que confinaba a Ambrose a nuestra casa había estado en curso muchas décadas más de lo que yo había estado viva. Siempre lo había tenido cerca, merodeando la casa como un fantasma amistoso. Cuando yo era pequeña, era el compañero de juegos ideal, haciendo que mis muñecas se movieran solas y mis juguetes se desplazaran zumbando por la habitación. Ahora que había crecido, era como un hermano mayor, ligeramente insolente, dispuesto a chismorrear sobre chicos todo el día conmigo. O sobre chicas, si alguna vez yo lo deseaba. A él no le importaba.

Encogí los hombros y descendí con cuidado el tejado para detenerme a su lado.

—El mundo sigue más o menos igual.

—¿En serio? Por lo que escucho, parece que estuviera cambiando. Cambios climáticos, activistas a favor de los derechos de los brujos… suena horrible. —Había un dejo de melancolía en su voz—. Me gustaría verlo por mí mismo.

—Anímate. Nuestro pueblo sigue prácticamente igual que siempre. Nada cambia en Greendale.

Ambrose canturreó reservándose su opinión.

—¿Qué te preocupa?

—Nada.

—No puedes mentirme a mí, Sabrina. Te conozco demasiado bien. Además —dijo con suavidad—, te he echado un conjuro, de forma que si me mientes tu nariz se volverá de color púrpura.

—¿Estás de broma?

Ambrose sonrió.

—¿Qué crees? Supongo que lo veremos. Pero por ahora, cuéntame tus problemas. Desahoga todas las penas que tengas. El primo Ambrose es todo oídos.

Vacilé. Desde nuestro tejado podía ver casi todo nuestro pequeño pueblo, rodeado de árboles. El bosque se extendía a la distancia, oscuro y profundo. Sentí un escalofrío y mi primo me rodeó con el brazo.

—¿Se trata de tu bautismo oscuro? ¿Tus amigos mortales? Espera, no. Apuesto a que es Harvey.

—¿Qué te hace pensar que es Harvey? —Hubo un tono de crispación en mi voz.

Su brazo me sujetó con más fuerza los hombros.

—No es más que una loca suposición. Yo soy un loco, y siempre estoy suponiendo cosas. Y sé cuánto lo aprecias. Y fíjate, no estoy diciendo que entienda la atracción. Personalmente, prefiero que mis príncipes azules estén levemente desteñidos.

Le di un codazo en el costado. Ambrose se rio.

—Entonces, ¿qué pasa con tu chico? ¿Se encuentra acaso pasando por una etapa de melancolía artística? Por todos los demonios, espero que no haya empezado a llamarte su musa.

Lo pensé bien antes de responder. A veces, Harvey tenía un aire de cansado, como si las cosas le importaran demasiado y tuviera que llevar una enorme carga.

—A veces está triste. Su padre y su hermano trabajan en las minas, y su padre no deja de insistirle en que él también haga algunos turnos allí abajo. No deja de hablar sobre el negocio y el legado familiar, pero Harvey no quiere quedarse atrapado en la oscuridad.

—Harvey hace bien, ¡la minería es una industria moribunda! —dijo Ambrose. Luego añadió con voz más reflexiva—: Aunque las cosas no permanecen muertas en nuestro pueblo.

—Vimos... me siento una estúpida diciendo esto, pero vimos a una chica realmente preciosa en las afueras del bosque. Me pregunté si Harvey habría pensado que era más bonita que yo.

—Imposible —dijo Ambrose—. Ridículo. Espera, ¿le has hecho una fotografía a ese espécimen tan bello? Enséñamela y te diré la verdad, debes creerme. Bueno... no puedes creerme. Pero enséñamela.

Aparté a mi primo de un empujón.

—Te lo agradezco mucho. Eres una gran ayuda.

Los dos nos sentamos sobre la pendiente del tejado. Ambrose estiró las piernas; yo me abracé las rodillas.

—¿Crees que está siendo infiel? —preguntó—. Le lanzaré un conjuro para que sienta cómo sus ojos curiosos se derriten.

—¡No! Ambrose, no harías algo así, ¿verdad?

Me giré y lo miré con furia. En sus ojos negros hubo un destello oscuro durante un instante, pero después desapareció.

—Por supuesto que no, estoy de broma. Solo le lanzaría un hechizo divertido y en el fondo inofensivo porque soy tierno. ¿Acaso no parezco tierno?

Alcé una ceja. Ambrose se rio. Hice un gesto fingiendo cortarme la garganta, y presionó una mano contra el corazón como si lo hubieran herido gravemente.

—Es que... me encantaría estar segura de lo que siente —dije—. Siempre quise encontrar un gran amor, como lo hicieron mis padres. Pero para tener un gran amor, tienes que ser correspondida por la otra persona.

Mi madre era una mortal, y mi padre era uno de los brujos más poderosos de Greendale. No puedo imaginar cuánto debió haberla amado para casarse con ella y tenerme a mí.

—Hay un hechizo para eso, sabes. ¿Tienes un poco de pelo de Harvey?

—No. ¡No tengo pelo suyo! Y no, *Ambrose*, no quiero lanzar *un hechizo de amor* sobre *mi chico* y *uno de mis mejores amigos desde la niñez*, como una *acosadora absoluta*, gracias por preguntar.

Hablé con el tono más severo y parecido al de la tía Zelda. Ambrose sacudió una mano despreocupadamente. Un puñado de hojas se acercó revoloteando hacia él, como mariposas a punto de posarse sobre su mano.

—No me refería a un hechizo de amor. Ni siquiera yo soy muy dado a ellos. Lo hacen todo demasiado fácil, y me gustan los desafíos. Tú y yo somos tan guapos, Sabrina, que cualquiera que sugiriera un hechizo de amor estaría insultándonos. Pero hay un hechizo que podría abrirle los ojos para que viera lo maravillosa que eres. Los chicos adolescentes pueden estar ciegos. Créeme, lo sé. Yo mismo fui uno de ellos.

Yo podía hacerlo. Podía lanzar hechizos sencillos. Mis tías y Ambrose siempre estaban dispuestos a ayudarme. Desde pequeña me habían enseñado todo lo que podían acerca del mundo de la magia: aprendí latín y a lanzar conjuros, realicé ritos para obtener buena suerte y encontrar cosas perdidas, crecí sabiendo que debía cuidarme de los demonios y pedir ayuda a los espíritus benignos. Aprendí las propiedades de las plantas del bosque, y cuáles debía añadir a pociones y brebajes. Pero por mucho que he estudiado, me han dicho que no es nada en comparación con las lecciones que aprenderé tras mi bautismo oscuro, cuando empiece a asistir a la Academia de las Artes Ocultas.

—Resulta tentador —admití.

—Las tentaciones a menudo lo son.

Si realizaba el hechizo que sugería Ambrose, podría estar segura de él. Me gustaba la idea de tener a Harvey contemplándome embobado, olvidando al resto del mundo. No tenía mucho tiempo, pero podía estar segura durante el tiempo que nos quedara. Desterré la íntima ilusión con un esfuerzo.

—No lo sé —dije al fin—. Echarle un conjuro a Harvey por el único motivo de beneficiarme a mí misma... no parece lo correcto.

—Como quieras. Eres una chica muy buena —dijo Ambrose—. A veces me pregunto cómo podrás ser alguna vez una bruja malvada.

—Sí —susurré en dirección al viento, demasiado bajo como para que mi primo me oyera—. Yo también.

Se puso de pie, quitándose el polvo de las hojas muertas y los rastros de piel de serpiente reluciente de sus vaqueros negros.

—Bueno, el día llega a su fin, y debo ocuparme de la difunta señora Portman, que me aguarda en la sala de embalsamamiento.

Nuestra familia tenía una funeraria. Incluso las brujas tenían que ganarse la vida.

Ambrose se inclinó y me dio una suave palmada en la mandíbula. Cuando alcé el mentón, me dirigió una sonrisa amplia.

—Anímate, Sabrina. Y avísame si cambias de parecer sobre el hechizo.

Asentí y permanecí en el tejado con la tormenta y mis pensamientos. La palabra *fin* seguía resonando en mis oídos. *El día llega a su fin. La difunta señora Portman.* Era posible que la palabra *fin* fuera la más aterradora que conociera.

A finales del verano. Solo un par de semanas más, y luego será el fin.

Toda mi vida supe que cuando cumpliera dieciséis años pasaría por mi bautismo oscuro, escribiría mi nombre en el libro y entraría en la Academia de las Artes Ocultas como una bruja plena. Cuando era una niña, creía que aquel día no llegaría nunca. Estaba tan impaciente por cumplir el destino que mis padres siempre habían deseado para mí, de hacer que mis tías se sintieran orgullosas de mí, de ser una bruja de verdad.

Mi cumpleaños era en Halloween, y el verano ya estaba llegando a su fin. No había pensado que asumir mi destino de bruja significaría darle la espalda a mi vida mortal. En ese momento no podía pensar en otra cosa: perder a mis amigos, perder a Harvey, incluso perder la clase de Matemáticas en el instituto Baxter. Todos los días sentía que el mundo que conocía se me escapaba más y más.

Y sin embargo, seguía amando la magia. Me encantaba la sensación de poder que crecía en mis venas y la idea de tener aún más. Me encantaba el momento exacto en que un hechizo se ejecutaba a la perfección tanto como odiaba la idea de decepcionar a mi familia.

Era una elección imposible, y pronto tendría que tomarla. Jamás había pensado en eso cuando era niña y soñaba con la magia, ni cuando Harvey se había inclinado y me había besado junto a la verja.

Suponía que una parte de mí había creído que aquel día nunca llegaría.

Estuve mucho tiempo pensando que el futuro no llegaría jamás. No estaba preparada para que finalmente llegara.

LO QUE SUCEDE EN LA OSCURIDAD

Hemos sido el bosque prodigioso; hemos sido los árboles que se han vuelto plateados bajo miles de lunas; hemos sido el susurro que atravesaba las hojas muertas. Hemos sido los árboles de los que colgaron a las brujas. Los árboles en que colgaron dan testimonio, y la tierra que bebió la sangre de las brujas podía cobrar vida. Había noches en las que el bosque daba testimonio del amor, y noches en las que daba testimonio de la muerte.

La chica vestida de verde, que la joven mitad bruja había visto, estaba esperando a un chico. Él había ido hasta ella por fin, a través de la tormenta. Muchas parejas se abrazaban entre nuestros árboles, pero ellos no. Los encuentros entre amantes a menudo terminan en peleas entre amantes.

—Te digo que abandones este pueblo de mala muerte y vengas conmigo —lo instó—. Mi iré a Los Ángeles. Seré una estrella.

El chico sonrió, una sonrisa pequeña y compungida, dirigiendo los ojos al suelo.

—¿Acaso no es lo que todo el mundo dice cuando se dirige a esa ciudad? ¿Que se convertirán en estrellas? Me gustaría escuchar alguna vez que van a Los Ángeles a ser camareros.

—Por lo menos, seré algo —respondió ella bruscamente—. ¿Qué serás tú si te quedas aquí? ¿Serás un perdedor toda tu vida?

El chico alzó los ojos y la miró durante un largo momento.

—Supongo que sí —dijo al fin.

Se giró y se alejó caminando, con las manos en los bolsillos. Ella lo llamó, alzando la voz en un tono imperioso y furioso. Él no respondió.

La chica estaba demasiado enfadada para volver a entrar en el coche. Se precipitó dentro del bosque y el viento. Su abrigo verde brillante ondulaba tras ella al avanzar; su capucha cayó hacia atrás descubriendo su pelo reluciente. El viento convirtió nuestras ramas en largos dedos que intentaron atrapar su ropa y en garras que rasgaban su piel. Se desvió del camino perdiéndose en el bosque. Era muy fácil perderse en nuestro bosque.

Se topó con un pequeño claro, donde corría un arroyo resplandeciente.

Podríamos haberle advertido. Pero no lo hicimos.

El arroyo brillaba como una cadena plateada colocada sobre la tierra. El terrible vendaval no agitaba la superficie del agua.

La chica avanzó, frunciendo el ceño, perpleja, y luego vio en el espejo plateado de las aguas su propio reflejo. No vio los arañazos de su rostro ni su cabello revuelto. En el espejo de las aguas, tenía el glamur que solo posee un desconocido. Vio a alguien que era pura superficie reluciente, a alguien que podía convencerte de que la hermosa mentira de la perfección era cierta. A alguien para ver una vez y jamás olvidar.

Olvidó el viento, y el bosque, y el mundo. Solo se vio a sí misma. Solo oyó el canto de la sirena.

Esta es la gloria que has estado esperando. Naciste para esto. Solo debes estirar la mano y tomarla. Siempre estuviste destinada a ser especial, hermosa, única; solo tú mereces recibir este obsequio, solo tú, solo tú...

Cuando las manos salieron del agua para sujetarla, la chica extendió las propias, impaciente por ser abrazada.

El río se la tragó, con su abrigo verde y todo, de un solo mordisco. El breve forcejeo apenas perturbó aquellas aguas calmadas y plateadas. Luego la chica desapareció.

En el mundo de los vivos, las últimas palabras que se dijeron de la muchacha fueron: «Ella no es nada comparada contigo». Era un epitafio que nadie querría para sí mismo, pero aquello casi no importaba.

En ese momento aquella chica perdida no era nada en absoluto: nada sino el eco de un suspiro que se extinguía entre las hojas del verano. Dejar un eco atrás era una tradición. Nuestro bosque estaba lleno de ecos.

Las personas pasaban toda su vida esperando que algo comenzara y, en cambio, llegaban a un final.

Bueno, no podían quejarse de los finales. A todo el mundo le toca el suyo.

EL LUGAR SOLITARIO

Me encantaba ir a clases. No es que me gustara el instituto Baxter, la prisión de ladrillos rojos donde nuestro equipo de fútbol y sus animadoras, los Cuervos de Baxter, mantenían el orden jerárquico establecido. Es que quiero a mis amigos y siempre me divierto con ellos.

Bueno, casi siempre.

Teníamos una mesa especial en la cafetería. El primero en llegar se sentaba y la reservaba, y la gente esperaba encontrarnos allí, el cuarteto inseparable: Susie, con sus sudaderas deformadas, ya fuese evitando las miradas de los integrantes imbéciles del equipo de fútbol que la fastidiaban o dirigiéndoles miradas desafiantes; Roz, con su mirada perdida y sus opiniones firmes, y Harvey y yo, que siempre nos sentábamos uno al lado del otro. Por lo general, los cuatro hablábamos durante toda la hora del almuerzo.

Ninguno hablaba demasiado acerca de sus familias. El tío de Susie podría tener problemas. El padre de Harvey *era* un problema. Y el padre de Roz era el reverendo Walker. Resultaba complicado tener una mejor amiga cuyo padre era un sacerdote cuando tenía dos tías que podrían soltar un «Salve, Satanás» en cualquier momento.

En general, hablábamos de libros y películas, de programas de televisión y de arte. Harvey tenía tantas opiniones sobre los superhéroes de la edad dorada del cómic como las tenía yo sobre el género de terror clásico.

Ese día Harvey no había comido nada y había dicho aún menos.

—¿Qué le pasa? —siseó Susie mientras él devolvía su bandeja intacta—. No parece interesado en nada. ¡Ni siquiera en Sabrina!

Intenté sonreír, pero no lo conseguí. Roz le dio un fuerte codazo a Susie en el costado.

—No es nada —dije—. Todos tenemos días malos. Estoy segura de que mañana será un hombre nuevo.

Cuando Harvey volvió a nuestra mesa con gesto sombrío, rodeé su cuello con el brazo y tironeé juguetonamente de su cabello.

—¡Ay! —exclamó—. ¡Sabrina, me has *arrancado* un mechón de pelo!

—Guau —dije—. Claro que no. Solo jugaba de forma cariñosa y normal.

—Sabrina, ¿no tienes un poco de pelo en tu mano? —reclamó Roz.

Lo escondí.

—A veces, mis muestras de afecto resultan un poco excesivas.

Harvey, Roz y Susie me miraban. A veces me preguntaba cómo me mirarían, lo extraña que les resultaría, si supieran la verdad.

Aunque le pasara algo, Harvey me acompañó a casa como siempre.

Desafortunadamente, eso significaba que había notado la presencia de chicas en el bosque. De nuevo.

—Oye, Brina —dijo, asintiendo hacia el grupo tras los árboles—. ¿Las conoces?

Ese día había tres chicas. Todas llevaban vestidos de telas oscuras con escotes y puños de encaje pero con faldas cortas, como colegialas atractivas. Había un chico con ellas; llevaba ropa negra y tenía el pelo oscuro, pero no llegaba a ver su rostro.

—No lo creo —dije, pero mentía. Reconocí a las chicas, incluso a la distancia. Era un grupo de brujas que asistía a la Academia de las Artes Ocultas. Habíamos tenido algunos encontronazos. Prudence, Dorcas y Agatha: eran bellas, poderosas y no les caía demasiado bien que una chica mitad mortal asistiera a su preciosa escuela. Aprovecharon toda oportunidad que tenían para dejar claro que yo era inferior.

En ese momento, me hacían sentir inferior sin haberme visto. Sin siquiera intentarlo.

Lo que sí era cierto era que no conocía al chico. Probablemente, era un mortal al que molestaban. Prudence, Dorcas y Agatha se dedicaban a servir al padre Blackwood y a Satán, y disfrutaban atormentando a hombres mortales.

—Sí —dijo Harvey—. Yo tampoco las he visto por aquí. Deben ser de otro pueblo.

—¿Ahora te fijas en otras chicas todos los días? —bromeé—. ¿No podrías haber elegido un pasatiempo más atractivo, como el ajedrez o coleccionar polillas? Creo que coleccionar polillas es muy sexy.

—No me fijaba —reclamó Harvey—. Jamás haría algo así. Es solo que a veces me interesan los forasteros y me pregunto cómo son sus vidas. Imagino cómo sería abandonar Greendale y tener una vida totalmente diferente. ¿Alguna vez piensas en ello, Sabrina? ¿Que tu vida se transforme por completo?

—Quizás, a veces —respondí en voz baja.

Harvey tenía la mirada fija en un horizonte remoto que solo él podía ver. En algunos sentidos, era un hacedor de magia tanto como yo. Mi artista, mi vidente que quería dibujar sus sueños sobre papel para enseñárselos al mundo. No miraba a las brujas en el bosque, y no me miraba a mí.

Cuando Harvey soñaba con lugares lejanos, me preguntaba si pensaba en mí. ¿Estaba yo en su espejo retrovisor, en el momento en que escapaba del pueblo y de la vida que estaba dejando atrás?

Mientras observaba a las brujas en el bosque, el chico de pelo oscuro se giró, y una hoja verde que caía junto a su cabeza estalló en llamas bajo su mirada. La hoja se convirtió en una brasa encendida y luego se chamuscó, volviéndose oscura. Las cenizas se disiparon con la brisa.

Vaya, vaya, vaya. Quizás, después de todo, el chico no fuera un mortal al que estuvieran molestando. Los brujos eran menos frecuentes que las brujas, pero estaban Ambrose, el padre Blackwood. Y mi padre, por supuesto. Ahora había visto a un cuarto representante. Sin duda, conocería a muchos más cuando empezara a asistir a la Academia de las Artes Ocultas.

No podía dejar que Harvey viera brujos haciendo magia en el bosque. Agarré su mano y tiré de él para avanzar.

—Vamos —le dije—. Tengo que llegar a casa. Es urgente.

Cuando llegué, corrí directo al segundo piso y entré en la habitación de mi primo sin golpear.

Ambrose levantó la mirada de un ejemplar gastado de *Salomé*, de Oscar Wilde, alzando las cejas.

—Sabrina, podría no haber estado presentable. No digo que ahora esté presentable, en un sentido moral, pero por lo menos llevo pantalones.

Tenía pantalones de pijama de seda y una bata de terciopelo roja, así que no es que pareciera que estaba a punto de salir. No es que mi primo saliera alguna vez.

—¡Tus pantalones me tienen sin cuidado, Ambrose! Esto es importante.

—Muchas personas consideran que el asunto de mis pantalones es importante y apasionante —aseguró. Se giró para levantarse de la cama, ajustando aún más la faja de borlas doradas alrededor de su bata y deslizó un trozo seco de belladona entre las páginas del libro.

Seguía jadeando por la carrera hasta mi casa y escaleras arriba. Parecía no poder recobrar el aliento, pero dije las palabras de todos modos:

—Hagamos el hechizo.

A Ambrose se le iluminaron los ojos.

—¡Fantástico! ¿Estás dispuesta a ir al bosque? Vamos a necesitar algunos ingredientes especiales ya que es un hechizo muy especial. Prima, ¿has conseguido un mechón de pelo de Harvey?

Asentí.

Ambrose sonrió.

—Bien. Así que tenemos el pelo, la vela, la cuerda, la lavanda, el romero y la uña de caballo, pero necesitamos la miosotis. Me han dicho que crece en el bosque.

El bosque era mortal, oscuro y profundo. Una vez hubo juicios de brujas en Greendale, como los hubo en Salem, aunque el horror de Greendale se enterró y ocultó de la historia. Murieron brujas en el bosque, y los árboles donde las colgaron aguardaban allí.

Jamás me había desviado del camino del bosque por la noche para un hechizo, pero quizás fuera momento de que lo hiciera. Debía familiarizarme con la noche.

—El bosque… —dije—. Claro.

No quedaba mucho tiempo para que mi vida cambiara, y cuando lo hiciera, tenía que estar lista.

Prudence, Dorcas y Agatha siempre andaban deambulando por aquella floresta. Yo *pertenecía* allí. En algunas semanas, sería tan bruja como ellas.

Tuve que aventurarme sola en el bosque, ya que no era posible que Ambrose me acompañara. Por suerte, tenía idea de dónde podía hallar lo que necesitaba.

Harvey me había entregado el dibujo que había realizado del viejo pozo que encontramos durante nuestro paseo de curso a través del bosque. Había llevado el dibujo a casa para guardarlo. Cuando corrí de la habitación de Ambrose a la mía para buscarlo, lo encontré cuidadosamente doblado en el cajón de mi escritorio. Al desdoblarlo y alisarlo, vi lo que creí que había recordado, representado con el trazo talentoso de Harvey, que había convertido las marcas de un pincel en flores de verdad. Vi los pétalos diminutos de miosotis mezclados entre las largas hierbas que crecían a orillas del pequeño arroyo.

Me había parecido una señal.

Dejó de parecerme una señal una vez que estuve en mitad del bosque. El viento no era tan fuerte como la noche anterior, pero el eco de una tormenta de verano llegaba a agitarme el abrigo y la ropa. Tenía que hacer un esfuerzo para avanzar, y cada árbol se convirtió en un enemigo. Las ramas se sacudían con tanta violencia que temí que se rompieran y, cada vez que se agitaban, sus sombras se abalanzaban hacia delante.

Solo alcanzaba a ver una oscuridad que se mecía. Por lo que sabía, podía haber animales agazapados entre aquellas ramas, listos para saltar, o cuerpos colgando. En lo más recóndito del bosque de Greendale, no había postes con indicaciones. Solo existía la posibilidad de abrirse camino entre una sombra y la siguiente.

Conseguí orientarme.

El pozo abandonado que había encontrado con Harvey no parecía tan atractivo como lo recordaba a la luz del día. Ya no me hizo pensar en deseos cumplidos o en el descubrimiento del amor. Solo parecía un círculo de piedra, y su ojo oscuro miraba hacia arriba, al ojo luminoso de la luna.

Quizás solo había creído que el pozo era hermoso aquella primera vez porque estaba con Harvey. Recordé una cita de un relato sobre la magia en el bosque: *El amor no se mira con los ojos, sino con la mente, y por eso al alado Cupido lo pintan ciego.*

La oscuridad era absoluta; las estrellas, veladas por las hojas. Estaba casi ciega, pero al entrar en el claro donde se encontraba el pozo y corría el arroyo, una luz sutil convirtió el césped en hebras plateadas y el agua en una cinta de seda. La luna debió hallar un resquicio entre las ramas, y ahora me prestaba su luz. Mis tías decían que la luna miraba a las brujas con amor.

Incluso el viento parecía más tranquilo en este claro. Animada, crucé el césped reluciente hacia la orilla donde había visto las diminutas y pálidas flores azules que brotaban en el dibujo de Harvey. La luna me procuraba la luz suficiente para distinguir las flores creciendo en la orilla opuesta. El dibujo de Harvey mostraba brotes en ambas orillas del río, pero parecía que me había quedado sin suerte.

Me puse de rodillas sobre la saliente e intenté estirar el brazo por encima del arroyo, pero no alcanzaba a llegar al otro lado. De pie sobre el borde del afluente, pensé en saltarlo.

El riachuelo parecía mucho más ancho que un momento atrás cuando no había estado pensando en cruzarlo. Vacilé en la orilla, preguntándome si debía intentar saltar o caminar hasta encontrar un lugar más estrecho por donde cruzar.

Vacilé demasiado. Quizás el suelo de la orilla estaba más fangoso de lo que creí, o quizás la tierra se había desmoronado bajo mis pies. Lo que fuera que haya sucedido, hubo un instante en que me tambaleé alarmada, sacudiendo los brazos en el aire sin conseguir de donde sujetarme. Caí de cabeza en el arroyo con un grito que nadie oyó.

El agua y las sombras plateadas entraron a toda prisa en mis ojos abiertos. El agua inundó mi boca abierta, fría y amarga. Jamás hubiera imaginado que sería tan fría en verano como en invierno, tan desoladora como un río fluyendo bajo una montaña de piedra que jamás veía la luz.

Intenté nadar y sentí mis miembros ya entumecidos, mis brazos y piernas como si fueran plomo. Hice un intento desesperado por levantarme, pero me hundía con rapidez. Jamás habría imaginado que el arroyo era tan profundo.

Entonces, mientras luchaba por llegar a la superficie, sentí unos dedos helados entrelazándose con los míos.

LO QUE SUCEDE
EN LA OSCURIDAD

Sucedía todas las noches después de que Sabrina se fuera a dormir.

Había un árbol cerca de su ventana con una rama que no tenía hojas ni siquiera en verano. Despojada de su corteza, sus largas y delgadas ramillas casi parecían dedos. Aquella rama quebradiza se mecía con el viento de la noche, y las ramillas arañaban el cristal con forma de rombo de su ventana.

A veces, la cabeza dorada de Sabrina se movía sobre su suave almohada. A veces, apretaba sus pequeñas manos formando un puño como si quisiera sujetarse de algo, y murmuraba en sueños como una criatura que pide, somnolienta, un beso de buenas noches.

Los pájaros y los murciélagos, las ratas y los zorros, todas las bestias que volaban o reptaban de noche, cerca del dormitorio de Sabrina, se desviaban entonces de sus derroteros, dirigiéndose hacia su ventana como si tuvieran una misión que cumplir. Después se detenían, sacudiéndose de encima aquella repentina y exaltada compulsión.

A veces, Sabrina se despertaba en la noche con un sobresalto, presionando la mano contra el pecho como si estuviera asustada. Su piel estaba cubierta de un frío rocío, como si se encontrase abandonada sobre el césped en una fría madrugada. Para consolarse, tomaba entre las manos la fotografía de su padre y su madre con sus trajes de boda que conservaba al lado de su cama. Acariciaba sus caras resplandecientes de amor con la punta de un dedo. A veces, besaba la fotografía.

En momentos como esos, los arañazos de la rama contra el cristal de la ventana se volvían tan desesperados que casi parecían un gemido. Eran casi como un grito.

Peligro, querida mía.

A veces, la joven mitad bruja bajaba a la mesa del desayuno en la que se congregaba su familia mágica y despiadada, con los ojos pesados. Decía que no había dormido bien, pero no sabía por qué.

UN HECHIZO DE INMENSO PODER

L a mano se cerró con fuerza alrededor de la mía, fría como la de un hombre ahogado, tenaz como los hierbajos sobre el lecho de un río. Por un terrible instante, creí que aquella mano tan parecida a la muerte me arrastraría hacia abajo.

En cambio, tiró de mí hacia arriba. En cuanto atravesé la superficie del agua, me abalancé hacia la orilla para aferrarme del césped. Con la ayuda de esa mano helada, conseguí salir con esfuerzo del arroyo.

Me arrastré fuera del cauce y subí a la orilla, donde me topé con alguien que me observaba.

Tenía la forma de una chica; su largo cabello se desparramaba en el aire a su alrededor como si estuviera en el agua, pero su piel era de plata ondulante. La chica parecía hecha de mercurio y, cuando se giró hacia mí, vi la imagen borrosa de mis propios ojos reflejados en su mejilla abriéndose conmocionados.

Este espíritu era un espejo viviente y me había sacado del agua.

—Gracias —dije, jadeando.

—Descuida. No dejaría que te ahogaras, no cuando te quiero conocer hace tanto tiempo. Eres Sabrina, ¿verdad? —preguntó con voz sibilante—. La joven mitad mortal, mitad bruja. Todo el bosque cuchichea sobre ti. Y te vi con un grupo de jóvenes mortales. Caminaste por aquí y descubriste el pozo.

—Oh —dije, comprendiendo al advertir lo que ella debía ser—. ¿Eres del pozo?

Me encontraba temblando por el frío del aire nocturno y mi ropa mojada, pero me hice un ovillo sobre la orilla y la observé con la misma curiosidad que brillaba en su inteligente rostro ovalado. Jamás había visto el espíritu de un pozo de los deseos. La tía Hilda me había dicho que eran espíritus tímidos pero amistosos que merodeaban, invisibles, alrededor de los pozos, esperando encontrar a un ser humano digno para conceder sus deseos. Mi tía debía tener razón respecto de que eran espíritus benignos porque este me había salvado sin que se lo hubiese pedido.

La criatura del pozo de los deseos sonrió, y sus mejillas plateadas se cubrieron de pequeñas ondulaciones, como las ondas que provocan los peces que nadan demasiado cerca de la superficie. Creí que quizás eran hoyuelos. Le sonreí, vacilante, a mi vez.

—Así es, Sabrina. ¿Quieres un deseo?

—No, descuida. Has hecho suficiente y, de todos modos, solo iba en busca de miosotis.

La criatura del pozo señaló una punta del dedo resplandeciente, y vi la planta que crecía sobre el oscuro césped cerca de mi pie, sus pétalos relucían de color azul. Un truco de las sombras debió ocultarlos antes.

—Te debo una —dije, y recogí las diminutas flores azules, con cuidado de no aplastarlas.

Los ojos de la criatura lanzaron destellos. Al ver las flores en mi mano, relumbraron como los rayos del sol sobre un arroyo.

—Creo saber de qué hechizo se trata —señaló—. ¿Deseas abrirle los ojos del corazón a un hombre?

—Eh… pues, sí —respondí, avergonzada.

De pronto, parecía el equivalente mágico a cuando Simon Chen estaba loco de amor por Roz y se pasaba comentando en voz alta que su tío tenía un yate.

La criatura del pozo me miró con ojos serenos y amables. Al parecer, no juzgaba.

—Estoy un poco sorprendida —confesó—. Hubiera pensado que una bruja como tú no se molestaría realizando hechizos de poca monta. Imaginé que habrías venido aquí para lanzar un hechizo completamente diferente.

Una bruja como yo. La criatura pronunció las palabras con admiración cuando la mayoría de las brujas no creía ni siquiera que yo contara como una bruja.

—¿Conoces muchas brujas? —pregunté.

—No —dijo—. Hay tres jóvenes brujas que suelen deambular por mi bosque, pero jamás me he manifestado ante ellas. No tienen buenas intenciones, y no les deseo ningún bien. No son como tú. En cuanto te vi, quise hablar contigo. Me di cuenta de que eras especial.

Jamás había pensado en el término *pozo de los deseos*, y en el hecho de que no significara solamente un pozo en el que se podía echar una moneda y pedir un deseo. Podía significar un pozo que realmente deseara el bien, que deseara solo lo mejor para mí, como lo haría un amigo.

El espíritu no veía nada especial en Prudence, Dorcas o Agatha, quienes creían estar tan por encima de mí que bien podían volar a la luna con sus escobas. Ella veía algo especial en mí. No pude evitar sentirme halagada.

—¿Cuál es el hechizo que creíste que había venido a realizar? —pregunté con curiosidad.

—Oh —dijo el espíritu—, es un hechizo que solo puede realizarse con las aguas de un pozo de los deseos, para desbloquear tu verdadero poder. Solo pueden hacerlo ciertas brujas: las que tienen el potencial para ser grandes. Cuando entraste en el claro esta noche, la luna brilló detrás de ti como una corona de huesos, y la noche te siguió por detrás como un manto de sombras. Me di cuenta de que naciste para ser una bruja legendaria.

—Guau. —Tosí, intentando ocultar la alegría que sentía—. No oigo cosas así todos los días.

—Deberías oírlas —murmuró el espíritu—. Pero me alegro de que hayas encontrado lo que buscabas. Si es que estás segura de ello.

Un dardo de hielo hendió las cálidas nubes que me envolvían la mente. Me di cuenta de que era tarde. Ambrose me esperaba. Sentí temor de que se preocupara. Me puse en pie rápidamente, aunque quería permanecer hablando con el espíritu un poco más. Quizás escuchar algo más acerca del hechizo.

—Lo estoy. —Me demoré un instante más—. Gracias, de nuevo. Ojalá pudiera devolverte el favor.

La criatura asintió al tiempo que se sentaba sobre la orilla; su pelo plateado se retorcía a su alrededor como hojas iluminadas por la luna ondulándose por un viento que no alcanzaba a ver.

—Si quieres devolverme el favor, ven a verme de nuevo. Hace mucho que los mortales no visitan mi pozo para realizar deseos que les pueda cumplir. Estoy muy sola, y hay muchas cosas que me gustaría decirte.

Me detuve en mi habitación para cambiarme de ropa y luego llevé las flores del río a la puerta de mi primo. Ya había decidido no hablarle sobre mi caída dentro del arroyo ni del espíritu del pozo de los deseos. Ambrose se preocuparía si se enteraba de que me había expuesto al peligro enviándome a un lugar al que él mismo no podía acompañarme ni del que podía protegerme.

Mi primo siempre intentaba minimizar las cosas y distender el ambiente, pero cada cierto tiempo no podía evitar que se colara una señal de su furiosa frustración a través de su fachada. Confinarlo en esta casa era un error tan grande como encerrar a un tigre en la jaula de un pájaro, y a veces los ojos del depredador brillaban a través de los barrotes.

Ese día parecía contento de tener algo que hacer. Me había dejado entrar en su dormitorio y me preguntó con un susurro si el monstruo de dos cabezas me había visto entrar con los productos. Le dije que no era modo de hablar de nuestras tías, y nos sonreímos el uno al otro, como dos conspiradores que saben que probablemente se meterán en problemas. Era parte de la diversión.

Ambrose sujetó las flores y las colocó sobre la mesa en la que había preparado el resto de los materiales para el hechizo: el pelo de Harvey, la uña de caballo, un trozo de cuerda vieja y una vela especial. Chasqueó los dedos y una llama parpadeó sobre el pabilo, no amarilla y azul, sino negra sobre negro, como si ardiera la sombra de una llama.

—Dicen que si alguien puro de corazón enciende esta vela, los muertos se levantarán —me dijo. Su tono de voz era cálido y entusiasta—. Lo siento, vela, hoy no.

La necromancia era el tema favorito de mi primo. Lo observé inclinarse sobre la mesa, sus ojos oscuros, como espejos de la llama negra, brillaban con una chispa de magia y picardía.

—¿Alguna vez has estado enamorado, Ambrose? —pregunté—. ¿Quién fue la chica o el chico afortunado?

—Oh… —respondió—, qué pregunta tan difícil.

—¿Es una pregunta difícil cuando la respuesta es sí o cuando la respuesta es no?

Se encogió de hombros y me miró con una sonrisa astuta.

—Amar es complicado para los brujos. Quizás tengamos los corazones más duros que los mortales. «Duros y fríos como el muro de piedra más elevado», dice la gente. Los brujos tienen fama de ser fríos y caprichosos. Quizás, porque vivimos varios siglos, y los mortales mueren muy pronto. Nuestros corazones deben ser fuertes porque tienen que latir durante más tiempo.

Hablaba con ligereza, pero las palabras se posaron sobre mi corazón como piedras pesadas. Durante los tiempos de los juicios de brujas, los mortales solían «presionar» a las brujas para que confesaran. *Presionar* significaba que apilaban tablillas de piedra sobre el pecho de una bruja hasta que confesara sus propios pecados y los nombres de otras brujas de su aquelarre. Uno de los héroes de Salem, un brujo llamado Giles Corey, se había negado a entregar a sus compañeros brujos. Murió, y sus últimas palabras fueron una llamada a que sus torturadores mortales le añadieran más peso.

En ese momento, lo que estaba haciendo y pensar en lo que tenía por delante eran como tablillas de piedra sobre mi propio pecho, y me costaba respirar. ¿Se refería Ambrose a que cuando pasara por mi bautismo oscuro dejaría de sentir lo que sentía por Harvey y mis amigos? ¿Estaría diciendo que a él y a mis tías no les importaba tanto como yo creía... que no podían quererme tanto como siempre había pensado que me querían?

No deseaba quedar aplastada bajo ningún peso; pero tampoco quería ser dura de corazón.

Ambrose se encontraba entrelazando flores alegremente por la extensión de la cuerda.

—No quiero hablar del pasado. ¡Me gustaría enamorarme del futuro! Me gustaría que el amor me encontrara como un desastre grandioso y maravilloso. De no ser posible, supongo que sería excitante que me atraparan en alta mar.

Parpadeé.

—Jamás he pensado en el amor y en la piratería como hechos parecidos.

Miré a mi primo y pensé en lo diferente que era nuestra forma de sentir y nuestros deseos. Si yo tenía un suave corazón mortal alojado en el pecho de una bruja, ¿quedaría aplastado o congelado con el bautismo oscuro?

No. Sabía que las brujas podían querer. Tenía pruebas de ello. Mi padre había querido tanto a mi madre que se había casado con ella, contra todas las tradiciones y leyes. Su amor había sido épico, capaz de cambiar el mundo y romper las leyes. Siempre había querido un amor así.

Y desde pequeña, en todas mis fantasías de amor romántico, Harvey era mi príncipe.

—Siempre he pensado que me encantaría ser un pirata sexy. En fin, arreglemos tu vida amorosa antes de ocuparnos del trágico estado de la mía. Haz nueve nudos en esta cuerda mientras pronunciamos las palabras. —Ambrose me guiñó el ojo entregándome la cuerda—. Nueve nudos, su corazón me pertenece.

Agarré la cuerda entre las manos, sintiendo su áspera superficie rozar mis palmas sensibles. Recordé la primera vez que Harvey me había sujetado la mano, en aquel cine oscuro, y la descarga eléctrica que sentimos al estrecharnos la piel.

Por algún motivo extraño, volví al recuerdo de la mano helada del espíritu, tirándome de una tumba de agua, más como un escalofrío que como un recuerdo. Parecía un mal presagio. Volví a pensar en la palabra *fin*. *Es la oportunidad final para echarme atrás*, pensé.

Hice el primer nudo en la cuerda con un movimiento rápido y decisivo.

—El romero es verde, azul la lavanda, apenas la vean ella será amada —murmuré.

—*Omnia vincit amor, et nos cedamus amori* —añadió Ambrose, pronunciando la fórmula con tal velocidad que apenas la entendí, aunque había aprendido latín sobre el regazo de la tía Zelda.

—*Omnia vincit amor...* —repetí, tropezándome con las palabras. Hice varios nudos más, intentando seguirlo al menos en algo.

—*Quos amor verus tenuit, tene...*

La llama negra de la vela saltó, alzándose repentina y aterradoramente grande. Ambrose sonrió del mismo modo, con oscuridad creciente. Como un brujo malvado.

—Espera —dije—. ¿Qué ha sido eso? —No pude escuchar las últimas palabras que pronunció. *Algo acerca de las* tenebris, *o sombras*, pensé.

Mis manos seguían moviéndose, automáticas. Hice el último nudo de la cuerda entrelazada con el romero, la lavanda y las flores del río por las que había pagado un precio tan caro. Sentía la cuerda suave entre las manos, como si fuera un ser vivo.

Ambrose tenía una sonrisa petulante.

—Era el sello del hechizo.

Entonces, ya estaba realizado. Coloqué la cuerda con nueve nudos sobre la mesa y observé la llama negra apagándose. Sentí un dolor sordo y me di cuenta de que me había mordido mi propio labio con demasiada fuerza. El sabor a sangre invadió mi boca: una mezcla de metal, temor y magia.

—Quizás no deberíamos haberlo hecho.

—La magia es lo que nos mantiene a salvo de los mortales —sostuvo Ambrose—. ¿Para qué arriesgar tu corazón o cualquier otra cosa? Tú crees en príncipes azules, finales felices y amores románticos, Sabrina, pero ¿qué les sucede a las brujas en los cuentos de hadas?

Aparté la vista de los ojos oscuros y de la sonrisa aún más oscura de mi primo, y la clavé en la cuerda. Las flores que había reunido en la orilla del río brillaban contra los nudos como diminutas estrellas azules, y me acordé del otro nombre de la miosotis: *no me olvides*. Siempre me había parecido un nombre dulce, incluso romántico, pero por primera vez me pareció una orden: *no me olvides*, incluso si lo deseas.

De pronto fue tan difícil respirar, aquí en mi propio cálido hogar, como lo había sido en el arroyo, cuando las frías aguas habían cubierto mi cabeza.

Está consumado, me repetí a mí misma. Era demasiado tarde para preguntarme qué había hecho.

—No te preocupes tanto, Sabrina.

La voz de Ambrose era persuasiva, dulce como miel emponzoñada, una voz en la que había confiado y a la que había seguido toda mi vida. Era demasiado tarde para reconsiderar lo que habíamos hecho.

—Necesitas acostumbrarte a romper las reglas, eso es todo —me aseguró—. Ya ha pasado la hora de las brujas, y tú deberías ir a dormir. Buenas noches, princesa de cuento de hadas. Que las alas de los ángeles oscuros te lleven a tu descanso. Eres mitad humana. Por lo menos, debería tocarte un final medio feliz. Espero que mañana tu príncipe sea encantador.

LO QUE SUCEDE EN LA OSCURIDAD

Rosalind Walker soñaba cosas muy raras.

En el mundo real, era totalmente normal. La hija del pastor, estudiosa y bien educada, salvo que tuviera que pelear por la justicia... Jesús también había peleado por la justicia, así que Roz creía que eso estaba bien. Su abuela era un poco excéntrica, pero ¿qué abuela no lo es? Roz pasaba todo su tiempo libre con su familia o con sus amigos de toda la vida: Sabrina, Susie y Harvey. Su padre, sin embargo, tenía sus reparos respecto de sus amigos.

Aunque pareciera raro, el reverendo Walker no tenía problemas con Harvey, el único chico de su grupo. Si bien su hermano era el galán del pueblo, Roz pensaba para sus adentros y con un sentimiento de culpa que Harvey era igual de guapo. No le importaba, en realidad. Él siempre había estado tan enamorado de Sabrina que no había posibilidades. Por consiguiente, no resultaba en absoluto una amenaza a la dudosa virtud de Roz. Y su hermano, Tommy, jamás se quitaba la cruz que llevaba alrededor del cuello. El reverendo Walker decía que los hermanos Kinkle eran buenos chicos.

Sabrina y Susie eran un asunto diferente. El reverendo Walker fruncía el ceño algo confundido en cuanto a Susie y no hacía comentarios, pero siempre tenía mucho que decir sobre Sabrina. Nadie había visto jamás a los Spellman en la iglesia.

El padre de Roz podía ser bastante molesto, pero ella no podía descartar lo que decía por completo.

Sabrina era su mejor amiga. Mejores amigas para siempre, el acuerdo más sagrado que existía en la vida de una chica adolescente, y la mayoría de las mejores amigas sabían absolutamente todo lo que había que saber la una de la otra. En muchísimas ocasiones, se quedaban a dormir una en casa de la otra.

A veces Roz tenía miedo de dormir en casa de Sabrina. Solía pensar que su temor se debía a que era una funeraria, y daba un poco de miedo pensar en cuerpos tendidos, fríos e inertes, bajo el suelo sobre el que caminaba cada vez que ponía un pie dentro de la casa. Una vez estuvo de pie en el vestíbulo, esperando que Sabrina bajara para poder irse, y tuvo una visión repentina, como si realmente hubiera visto a una mujer muerta yaciendo en algún lugar debajo de ella. Una mujer muerta que miraba con fijeza a Roz, con los ojos bien abiertos, blancos y ciegos.

«¿Adónde van las personas cuando mueren?», le preguntó su padre una vez cuando era una niña, y ella respondió: «Van a casa de Sabrina».

Aún recordaba su expresión de severa decepción mientras le decía que, cuando morían, las personas iban al cielo o al infierno.

Iban al cielo si eran buenas y creían, e iban al infierno si pecaban y no creían.

A casa de Sabrina solo iban las cáscaras vacías, después de que las almas se hubieran ido. Roz lo creía. Estaba casi segura de que lo creía.

Todavía le daba un poco de miedo acercarse a la casa de los Spellman, incluso hablar con las tías raras de Sabrina y su primo raro. Su padre decía que eran unos pecadores, y Roz creía que, al menos, guardaban secretos.

Quizás los secretos y los pecados eran lo mismo.

También estaban sus sueños. Roz los mantenía en secreto. Ella también era una pecadora.

En sus sueños había fantasmas en el bosque, sombras que colgaban y se cruzaban en su camino, impidiéndole avanzar un paso más. En sus sueños veía a la familia Kinkle con armas, cazando en el bosque. Por mucho que el reverendo Walker aprobase de los Kinkle, le aterraba el padre de Harvey. En sus sueños veía a Ambrose Spellman en la funeraria, con el rostro ensangrentado, riendo. Y a su mejor amiga, Sabrina, Roz la veía en el bosque con un vestido blanco que se teñía de negro.

Y lo peor, lo peor de todo... A veces, en los sueños de Roz, las imágenes que veía se volvían borrosas, como pinturas dañadas, como si la pintura húmeda del mundo estuviera chorreando. Al mirarse en un espejo sus ojos se volvían oscuros, y la oscuridad se escurría sobre su rostro dejando rastros largos y tenebrosos. El mundo entero quedaba reducido a manchas de color sucias contra una oscuridad aplastante y envolvente, y ella sollozaba y sus lágrimas eran sombras, y ya nada tenía sentido.

Roz quería a su amiga, y tenía miedo por ella, aunque en el mundo real no parecía haber razón para el temor. También sentía miedo por ella misma, pero no se lo había contado a sus amigos. Nada acerca de los sueños. Ni que sus ojos le estaban fallando.

Tenía dolores de cabeza, y las palabras de los sermones de su padre parecían martillearle la cabeza, su voz que bramaba acusaciones, tan diferente de su tono habitual, bajo y bondadoso. A veces Roz pensaba que aquellas palabras le terminarían partiendo el cráneo. A veces creía que lloraría lágrimas de sangre.

¿Crees en lo que no puedes ver? Si no pudiera ver nada, ¿en qué creería? *Bienaventurados los que no han visto y, sin embargo, creen.* ¿Y lo que *podía* ver? ¿Se suponía que debía creer en todas las visiones?

En sus sueños veía las cosas de modo diferente. Se preguntaba lo que otras personas veían en ellos. Todo el mundo se preocupaba porque la gente a su alrededor viera las cosas de forma diferente, pero quizás Roz se preocupaba más que la mayoría.

Tenía sus sueños y tenía sus dudas. Los días posteriores a sus peores sueños, los días que ocurrían las cosas más raras, las dudas eran más fuertes.

No sabía si sus sueños le advertían que Sabrina corría peligro, o que Sabrina era el peligro.

LOS DIABLOS INTERFIEREN
CON LAS ESTRELLAS

Bajé las escaleras aquella mañana y encontré a la tía Zelda mirando con desaprobación a Ambrose por encima de su periódico. Él estaba inclinado contra el marco de la puerta, coqueteando con la mujer que entregaba el correo.

—Conoces el dicho —lo oí murmurar—. ¿Cómo es? Algo acerca de las cosas buenas y los paquetes pequeños.

La chica era pelirroja, así que se sonrojó de una manera muy manifiesta, un rojo intenso bajo su gorra con visera y sus pecas. Cada cierto tiempo cambiábamos de carteros y carteras. No sabía si Ambrose los ahuyentaba o si Zelda pedía que los cambiaran.

La tía Zelda se acercó y se sentó conmigo a la mesa. La tía Hilda solía estar junto a la cocina, preparándome el desayuno, pero ese día no estaba. Miré por la ventana y vi la tierra recién removida formando un montículo sobre la lápida que estaba fuera. Tragué saliva y me serví un poco de cereales.

Ambrose entró con paso decidido unos instantes después, pasándole a la tía Zelda un sobre del instituto. Probablemente, se trataba de la próxima reunión de padres. Mi tía hizo caso omiso del sobre con absoluto desdén, como hacía con todo lo referido a mi vida mortal. Estaba desayunando mientras fumaba un cigarrillo, lo cual era habitual.

—¿En serio, Ambrose? —preguntó—. ¿Una mortal? ¿Una mortal que trae el correo?

Ambrose se encogió de hombros y me arrancó la caja de cereales de la mano.

—No es que realmente me esté encariñando con nadie. No veo a tanta gente. ¿Qué se supone que debo hacer... seducir a los asistentes de los funerales? Sería una conducta escandalosa e inadecuada.

—Sería una conducta escandalosa e inadecuada en la que ya has incurrido una infinidad de veces —señaló la tía Zelda.

Ambrose la señaló con la cuchara, sonriendo.

—Es cierto. Y lo volveré a hacer, tía Z. —Se encogió de hombros y empezó a comer sus cereales—. Solo busco una conexión.

—¿Con qué? ¿Con el submundo criminal? —La tía Zelda alzó las cejas—. ¿Por qué necesitas encontrar conexiones? Mantén la calma y venera a Satán como corresponde. Es todo lo que os pido a los dos. Y siéntate como un caballero, por el amor del Señor Oscuro, Ambrose.

Con un ademán imperioso, sacudió el cigarrillo, insertado en su reluciente boquilla anticuada con aspecto de tridente diminuto. Ambrose continuaba sonriendo y seguía con una pierna enganchada en la parte trasera de otra silla.

La tía Zelda acabó el cigarrillo con un par de inhalaciones cortas y precisas.

—Parece que llevas ese pijama hace setenta y cinco años. ¿No puedes vestirte adecuadamente?

—¿Por qué? —preguntó—. Tampoco es que vaya a salir de la casa. Las batas y los pantalones de pijama son el atuendo que acostumbra llevar un ermitaño, y yo me apego a mi look de ermitaño.

Giró los extremos del pequeño pañuelo de terciopelo que llevaba alrededor del cuello. Ni siquiera tenía una camisa.

—¿Así que por qué ibas a mejorar el aspecto de la bata con eso?

La sonrisa de Ambrose relució alrededor de su cuchara.

—Obviamente, quiero ser un ermitaño elegante, Sabrina.

La tía Zelda emitió un bufido. Ella misma estaba sentada muy erguida, y llevaba una blusa a rayas con el cuello aparatosamente alto y una chaqueta cruzada. Una vez Ambrose había comentado, sin que ella lo oyera, que la tía Zelda se vestía como una chica de calendario malvada. Dijo que lo decía en el buen sentido.

Se oyó el golpe seco del llamador, y sonreí. Como el correo ya había llegado, solo podía ser una persona.

La tía Zelda emitió un sonido de desdén, apoyó la boquilla sobre la mesa con un chasquido, y se puso de pie.

—Me es absolutamente imposible lidiar con mortales antes del mediodía.

—Quizás la tía Hilda abra la puerta —dijo Ambrose, con tono deliberadamente provocador—. Pero espera, ¿dónde está la tía Hilda?

—Hizo un comentario irrespetuoso demasiado temprano, así que la maté —comentó la tía Zelda por encima del hombro mientras se marchaba al piso de arriba.

Ambrose se inclinó hacia atrás en su silla.

—Debo decir que está de un humor maravilloso. ¿Cómo te va, prima? ¿No te entusiasma saber lo que ha provocado nuestro hechizo?

Mantuve los ojos fijos en la ventana y en la tumba recién hecha. Cada cierto tiempo, la tía Zelda mataba a la tía Hilda. No era lo que parecía. No era tan terrible. Enterraba a tía Hilda, y luego ella regresaba como si nada. No era gran cosa. La magia podía arreglarlo todo.

De todos modos…

—Odio cuando lo hace —susurré.

Ambrose sacudió una mano sobre mi pelo. Todos sus gestos eran así, rápidos y casuales; sus dedos, errantes como una mariposa, aterrizando con ligereza y luego remontando el vuelo una vez más.

—Lo sé, prima —murmuró.

A él tampoco le gustaba, pero se lo mencionaba a la tía Zelda y luego lo dejaba pasar, como si no le importara demasiado.

Los brujos y sus corazones… fríos y caprichosos.

No importa, me dije, enderezando mi propio jersey. Volvería a casa y encontraría a la tía Hilda junto a la cocina, igual que siempre. Y en ese momento, vería lo que la magia podía hacer por mí.

Me puse en pie de un salto.

—Debería ir a ver a Harvey.

—Y yo estaré abajo, entretenido con un grupo de adorables cadáveres —declaró—. Por la ropa interior del Señor Oscuro, ¡estoy tan solo!

La gente en el instituto decía que debía ser raro vivir con una funeraria en el subsuelo. No tenían ni idea de que es el aspecto menos raro de nuestra familia.

Abrí la puerta y vi a Harvey de pie en mi porche. Su mirada no se dispersaba. Me miraba absorto, como si todo, desde los botones de mi jersey hasta las hebillas de mis zapatos, fuera fascinante.

—Sabrina, ¡estás radiante y preciosa como la mañana!

—Eh, gracias —dije, y Harvey esbozó una amplia sonrisa como si hasta el sonido de mi voz fuera electrizante.

Su saludo resultó ligeramente fuera de lo común, pero disfruté de la calidez de su sonrisa y me relajé. Harvey a veces parecía pensativo o distante, pero esa mañana tenía el rostro iluminado de alegría, pura y radiante como el sol. Le sentaba bien. Eso era lo que debía hacer la magia: atenuar todas las pequeñas imperfecciones del mundo y arreglar las cosas.

—Qué bien verte tan contento —añadí—. Estaba un poco preocupada de que te pasara algo.

Le di un beso y lo sentí suspirar dentro de mi boca.

—Todo va perfecto —dijo.

Harvey me acompañó a todas las clases aquel día y llevó y trajo los libros de mi taquilla. En un momento, había intentado quitarle un manual de Historia y se convirtió en una especie de combate de lucha libre. Me miró con adoración. Sujeté el libro y tiré con fuerza.

—Harvey —murmuré entre dientes.

Me sonrió alegremente.

—Sabrina.

—*Suéltalo.*

—Deja que haga esto por ti —me dijo, sus ojos eran grandes y dulces, más grandes y dulces de lo habitual—. Quiero hacerlo todo por ti.

—Te lo agradezco —jadeé—. Pero… ¡suél-ta-lo!

Al final lo soltó, aunque terminé siendo lanzada hasta la mitad del corredor con el libro entre las manos. Solo una pizca furtiva de magia impidió que chocara con estrépito contra las taquillas que cubrían las paredes.

A la hora del almuerzo, Roz, Susie, Harvey y yo nos sentamos en nuestra mesa habitual, y Harvey dirigió a todo el grupo su nueva sonrisa que irradiaba como el sol. Los demás parecían sorprendidos pero satisfechos.

—¿Estás teniendo un mejor día hoy, Harvey? —preguntó Susie.

—Es un día precioso y milagroso —respondió con fervor—. Sabrina esté en él, ¿no es cierto?

Las cejas de Susie se alzaron como disparadas por un cohete.

—¡Supongo que sí!

Desviamos la conversación a otros asuntos que no fueran mi gloriosa presencia. Harvey seguía sonriendo ampliamente, pero resultaba agradable. Me relajé lo suficiente, así que cuando comenzó a dirigirse a guardar su bandeja, dije sin pensar:

—Oye, ¿puedes conseguir un zumo de arándanos para cuando regreses?

Se volvió hacia mí con una mirada de horror. Miré a mi alrededor presa del pánico, buscando la amenaza.

—¿Has estado sentada todo este tiempo con sed? Debiste decir algo antes. No soporto saber que estás sufriendo.

—Estaba bien —dije en mitad del silencio.

—Eres demasiado buena —dijo Harvey—. Tienes una paciencia infinita.

—Oh, Dios —masculló Roz mirando sus macarrones con queso. Parecía menos un ruego y más como si le estuviera preguntando a Dios si acababa de escuchar lo mismo que yo.

Me volví hacia Harvey y sujeté sus manos entre las mías. Él miró nuestros dedos enlazados con delicado asombro.

—En serio, acabo de sentir sed. No es para tanto.

Asintió y levantó una de mis manos a su cara, apoyando su frente contra ella, con los ojos cerrados como si fuera un caballero haciendo un juramento solemne a una reina.

—Me encantaría traerte el zumo. Arrancaría la luna del cielo para que pudieras tener un plato de plata sobre el que comer.

Todos nos quedamos mirándolo. Harvey esbozó una sonrisa amplia y se puso de pie de un salto para buscar mi zumo. Apenas me atreví a mirar a las chicas y, cuando lo hice, Susie tenía la boca abierta de asombro. Roz seguía mirando su plato.

—Sé que está un poco raro —dije casi en un susurro.

—Siempre está un poco loco por ti —comentó Susie—. Esto es diferente.

Pensé desesperada en una explicación.

—Creo que está teniendo una semana rara —dije al fin.

—¡Eso parece! —señaló Susie.

—¿Cuándo no es extraña una semana en Greendale? —preguntó Roz—. Harvey me está provocando escalofríos.

Había un tono de amargura en su voz; Susie y yo intercambiamos miradas de inquietud.

—Yo no iría tan lejos —dijo Susie lentamente.

Roz se mordió el labio.

—Lo siento —dijo con la voz ahogada—. Anoche tuve pesadillas y me duele la cabeza.

Últimamente, Roz tenía cada vez más pesadillas. Le había preparado tés calmantes, pero era hora de hablar con la tía Hilda para prepararle una poción mágica de verdad. Yo podía arreglar eso.

—Descansa el fin de semana, y el lunes te traeré un tónico. Quedarás como nueva.

La tensión alrededor de la boca de Roz no se aflojó.

—Te lo agradezco, Sabrina, pero estoy bien. Y oye, es mejor que Harvey esté medio chiflado que tenerlo deprimido como estaba ayer, ¿verdad?

Sonrió, y Susió asintió con énfasis. Todas sonreímos. Era mejor. La magia lo hacía todo mejor.

Cuando Harvey me acompañó a casa, me besó tres veces en la verja.

—No quiero separarme de ti —dijo, con las manos en mi pelo.

—Me pasa lo mismo —respondí, y lo aparté un poco—. Pero tengo que hacer la tarea. ¡Sabes que no me gusta dejarla hasta el domingo! Si la haces el viernes, tienes todo el fin de semana libre.

—Sé muy bien lo que piensas, claro que sí. —Harvey sonrió con cariño—. Yo sigo haciendo la mía a última hora del domingo como el Señor tenía previsto. ¿Nos vemos mañana?

Lo miré sin comprender.

—En la feria —me recordó.

Por culpa de la excitación del hechizo y mis preocupaciones sobre ese último verano, había estado a punto de olvidar que Harvey y yo teníamos planes para ir a la feria del condado. La gente llamaba al día de la feria: «El Último Día del Verano».

—¡Oh, claro! Sí, te veo mañana.

—Me muero porque llegue el momento de verte.

Harvey me volvió a besar y se marchó. Lo observé alejándose a través del bosque.

La tierra recién removida sobre la tumba en nuestro jardín seguía intacta. Últimamente, la tía Hilda tardaba más y más en resucitar de entre los muertos. La tía Zelda decía que era pura pereza.

Fui a la cocina y me preparé un bocadillo. Luego volví a salir y, reclinándome sobre una lápida cercana que recordaba a un lejano miembro de la familia Spellman, esperé.

No pasó mucho tiempo antes de que un puño cerrado irrumpiera a través de la tierra, y después una cabeza y un par de hombros emergieran del suelo como un nadador del interior del agua. Sacudiéndose y gruñendo suavemente, la tía Hilda se levantó de la tumba.

Meneé los dedos hacia ella, saludándola. Me sentía ligeramente incómoda. Mi tía sonrió y me devolvió el saludo: su rostro era una máscara de lodo. Intentó sacudirse la tierra de su mugriento vestido de color rosa, pero se trataba de una causa perdida.

—¿Por qué lo hizo la tía Zelda? —pregunté.

Lo que había querido decir fue: «¿Por qué lo hace la tía Zelda?», como si la tía Hilda pudiera darme un motivo realmente bueno para asesinar temporalmente a tu hermana.

Tan solo se encogió de hombros.

—No pasa nada, cariño.

Lo dijo como si no importara. Quizás fuera así. Este era el tipo de cosas a las que debía acostumbrarme tras mi bautismo oscuro. Las brujas lidiaban con la muerte y las artes oscuras.

Mi tía se quitó el lodo del rostro, me dirigió una sonrisa animada y me rodeó cuidadosamente con el brazo, estrechándome con fuerza sin ensuciarme. La tía Hilda no tenía un corazón frío y caprichoso, eso lo sabía bien. Pero la tía Zelda decía a menudo que, de todos modos, ella no tenía mucho de bruja.

—Vamos adentro, ¿sí? ¿Qué quieres cenar?

Su voz era completamente despreocupada, y sus pasos, seguros. Me bajé de la lápida y subí las escaleras y la seguí a nuestra casa. La tía Hilda tenía toda la razón y estaba absolutamente bien. La magia lo arreglaba todo.

La tía Hilda se fue a dormir temprano. Siempre decía que morir era agotador. La tía Zelda dijo que se estaba comportando de manera infantil, pero le preparó una bebida calmante y la llevó arriba. La escuché sermoneando a la tía Hilda para que la bebiera. Creo que quizás era su manera de disculparse.

Me quedé un rato sentada sola en la mesa de la cocina, y luego subí al desván buscando a Ambrose.

Había un enorme mapa de aspecto antiguo flotando en mitad de su habitación. El papel era tan arcaico que era de color amarillento, y la tinta de los dibujos era tan vieja que tenía el color del café. En la parte de arriba del mapa estaban escritas en letras doradas las palabras MAPPA MUNDI. Mapa del mundo.

Una serie de guijarros que echaban destellos de mica volaban sobre el mapa como estrellas diminutas, señalando destinos. Delante del mapa se encontraba Ambrose, con su bata de terciopelo roja, gesticulando ampliamente para que los guijarros se movieran, como si fuera el conductor y los guijarros, su orquesta.

—Hola, Ambrose.

Me sonrió brevemente por encima del hombro, y luego volvió a contemplar su mapa. Había lugares en los que se bosquejaban las altas laderas de las montañas, con el letrero: Aquí hay dragones. También había océanos con el letrero: Aquí hay serpientes.

Entré en su habitación, hablando con voz despreocupada.

—¿Qué es todo esto?

—Echo de menos los *espressos* de Italia, echo de menos el té de China, ¡y echo de menos las orgías! ¿He dicho que echo de menos las orgías?

—Cada cierto tiempo lo dices.

—Eso es porque realmente las echo de menos —dijo Ambrose.

Emití un canturreo pensativo. Los brujos se dedicaban a condenar la falsa modestia del falso dios, y entregarse a todos los placeres sensoriales. Sabía todo eso. Aunque no demasiado.

Miré el mapa.

—Si pudieras estar en cualquier lugar del mundo —pregunté—, ¿a dónde querrías ir?

Ambrose abrió los brazos de par en par. Los guijarros se dispersaron completamente por toda la habitación, una explosión contenida de luz, una Vía Láctea diminuta, atrapada en un desván.

—Oh, a cualquier sitio menos aquí.

Aquí, con nuestra familia. *Aquí*, conmigo. Había vivido toda mi vida en esta casa, desde que habían muerto mis padres. Desde antes de que tuviera memoria. Greendale siempre había sido mi hogar. Lo quería y temía perderlo: temía perder todas las cosas que significaban mi hogar.

Pero para Ambrose, mi hogar era una prisión.

Su mirada se apartó lentamente del mapa y me miró de reojo.

—¿Cómo está funcionando ese hechizo con Harvey?

—Oh, genial —dije rápidamente—. Sí, genial. Muy bien.

—Fantástico —masculló.

Su voz sonaba distraída. Era evidente que no le importaba mucho. Con otro gesto, los brillantes guijarros se volvieron a enlazar, trazando un recorrido nuevo mientras mi primo planeaba la fuga que hubiera hecho al vasto mundo de haber podido.

—¿Cuál fue la última línea del hechizo que usaste? —le pregunté abruptamente—. Escuché el resto, pero no llegué a oír la última línea. ¿Qué dijiste? ¿Qué significaba?

—Ajá. —Su boca se curvó—. ¿Así que no consigues traducir cada palabra de latín que escuchas? ¿Estás fuera de juego, Sabrina? ¿Qué hará ahora nuestra pequeña bruja, siempre tan perfecta? Si no eres capaz de distinguir entre el muérdago y la belladona, ¡la tía Z estará *muy* decepcionada contigo!

Ambrose siempre me fastidiaba, pero esa noche su voz parecía estar ridiculizándome. Mis ojos se estrecharon.

—En serio, Ambrose. Quiero saberlo.

—En serio, Sabrina —dijo, imitando mi voz, grave y seria. De pronto, esbozó una sonrisa pícara—. Jamás hablo en serio. Creo que no te lo voy a decir.

—No tiene gracia, Ambrose.

—Por el contrario, prima. Para que lo sepas, la corte francesa celebró mi ingenio. ¡El Rey Sol creía que era muy gracioso!

—¡No te creo!

Me di la vuelta y me marché, cerrando la puerta con un chasquido sonoro. Regresé a mi habitación dando fuertes pisotones, me senté sobre la cama haciendo crujir los postes de hierro forjado y me hundí en la pila de mantas.

No es que realmente me esté encariñando con nadie, había dicho Ambrose esa mañana. Ambrose, que tenía el corazón frío y caprichoso de un brujo. Ambrose ni siquiera podía imaginar lo que era preocuparse verdaderamente por un mortal. Por supuesto que no creía que jugar con el amor humano empleando la magia fuera nada del otro mundo.

Yo era medio mortal, así que ¿qué pensaba de mí realmente? Aparté ese pensamiento. Uno de los informes del instituto me describía diciendo: «Sabrina tiene una mente muy ordenada». Me parecía que era cierto. Compartimentar las cosas lo mantenía todo ordenado: mis amigos, en un casillero; mi familia, en otro. Los quería a todos, y no quería que la situación se volviera confusa. Me gustaba que las cosas estuvieran organizadas.

Últimamente, me preocupaba que el bautismo oscuro arrojase todas las cosas que me importaban fuera de los compartimentos donde las había colocado con tanto cuidado. Todo se mezclaría, se confundiría y se arruinaría.

Quería a Harvey, a todos mis amigos. Pasara lo que pasase, seguiría queriéndolos. No tenía pensado cortar lazos con ellos.

Suspiré y alcé la fotografía enmarcada de mis padres sobre mi mesilla de noche. Observarlos me hacía sentir mejor. Mi padre, alto, moreno y guapo. Mi madre, frágil, rubia y preciosa. Como el héroe y la heroína de una historia. Un brujo poderoso y una humilde mortal, pero él la quiso lo bastante como para casarse con ella y tenerme a mí. Sé que también me querían.

A veces soñaba con lo que sería vivir en una casa diferente, sin gente muerta en el sótano, teniendo a mi padre y a mi madre esperándome al volver a casa. Mi madre, asistiendo a las reuniones de padres y empatizando con mis problemas mortales; mi padre, poderoso, respetado y capaz de responder todas las preguntas que tuviera sobre la brujería: tener una familia de verdad. Quería a mis tías y a Ambrose, pero aún podría tenerlos. Si mis padres hubieran estado vivos, habríamos sido una familia normal, y jamás habría dudado de que me quisieran. Hubiéramos sido muy felices: estaba segura de ello.

Dijera lo que dijera Ambrose de las brujas y de sus corazones fríos y caprichosos, yo pensaba de otro modo. Quizás fuera cierto en su caso, pero no lo sería en el mío.

No era como mi primo. Era como mi padre. Mis padres lo habrían comprendido.

LO QUE SUCEDE
EN LA OSCURIDAD

La muerte era el sitio más sombrío.

Cada cierto tiempo, Zelda Spellman mataba a su hermana Hilda y la metía dentro de la Fosa de Caín en el cementerio de los Spellman, para que volviera a la vida. Hilda intentaba no enfurecerse demasiado por ello. Zelda jamás lo hubiera hecho si no hubiera podido traer a su hermana de vuelta.

Había veces en que era más complicado volver que otras.

La tierra pesaba enormemente sobre el pecho de Hilda. Las lombrices se deslizaban sobre sus mejillas como lágrimas.

Ella creía que lo que la despertaba era el mismo arrebato de temor que despertaba a millones de madres mortales. Una preocupación que arrancaba a las mujeres con un sobresalto de sus mullidas almohadas y sueños profundos y cubría sus rostros de sudor en una noche fría.

¿Dónde están mis hijos? ¿Están a salvo?

Hilda no era madre. Jamás había tenido la oportunidad de serlo. Las brujas estaban destinadas a ser esclavas de los placeres carnales, y ella siempre había pensado que se acostumbraría a eso. Pero, francamente, las orgías parecían alarmantes... ¿no estaría todo el mundo comparando y juzgándote por no ser lo bastante lujuriosa y complaciente como el resto de las brujas?

Además, ningún hombre la había invitado a tener una cita. Había pensado en ello, por supuesto, especialmente cuando leía algún libro realmente bueno, como *El día que la pastora conoció al marqués*, o *Todos impunes, así que a divertirse*, o *El bebé secreto más prohibido del malvado multimillonario céltico*. Pero Hilda no sabía si tendría el coraje alguna vez de pedirle a un hombre que probara los placeres carnales con ella. No sabía si podría reunir el valor para besar a un hombre.

De todas formas, había chicos que tenían prioridad en el corazón de Hilda, y que a nadie más parecían importarles. Nunca imaginó que ella sería así. Zelda era la que tenía una feroz obsesión con los bebés, quien había decidido (siempre estaba decidiendo cosas por ella) que serían matronas. Zelda tocaba a cada bebé que habían ayudado a traer al mundo con un amor posesivo.

Hilda era la integrante de la familia Spellman que siempre había resultado un tanto decepcionante. El padre de Sabrina, Edward, era magnífico. Su hermano siempre parecía tan extraordinario, cubriendo a Hilda por completo con su sombra. Y Zelda era el ejemplo que ella no conseguía seguir, inflexible en todo, especialmente en su compromiso con el Señor Oscuro.

Hilda no tenía problema con Satán, ni con la magia, ni con la emoción del bosque o la sangre fresca. Pero a veces envidiaba a los mortales, muchos de los cuales practicaban su fe sin complicaciones, yendo a la iglesia y rindiendo culto a su falso dios. Algunos ni siquiera tenían fe. Parecía terriblemente cómodo no tener que creer y servir con tanta devoción. Jamás lo había mencionado, pero por algún motivo el aquelarre la miraba y lo *sabía*. Edward lo había sabido, y Zelda lo sabía, y el padre Blackwood, la máxima autoridad de la Iglesia de la Noche... lo sabía, sin duda.

Puesto que no sería el orgullo de su familia como todo el resto, esperaban que Hilda echara una mano. Así que (casi siempre) hacía lo que Zelda le decía que hiciese, y (casi siempre) intentaba ser un miembro respetable del aquelarre, y cuidaba de los huérfanos Spellman.

Cuando los cazadores de brujas y la tragedia golpearon a la familia de Ambrose, Hilda acudió a Inglaterra para recoger los platos rotos y cuidar al niño.

Recordaba al pequeño Ambrose de hacía muchos años, dando sus primeros pasos por las calles adoquinadas sobre las que Hilda arrastraba el largo vestido y sus enaguas. El niño se lanzaba intrépidamente a cualquier tipo de peligro, y constantemente le preocupaba que lo atropellara un carruaje veloz o se ahogara en un estanque de patos. Pero jamás podía dejarlo, ni siquiera cuando salía a hacer un recado: no podía resistir sus ojos enormes y seductores, ni las pequeñas manos que se alzaban hacia ella de modo suplicante. «Tía Hilda, levántame, llévame contigo, tía Hilda, ¡cárgame!». A Ambrose le gustaba estar encaramado en sus brazos, bien arriba, para ver todo lo que pudiera. «Tus ojos son más grandes que tu estómago», decían los mortales sobre los pequeños que querían comer más de lo que podían. Ambrose siempre estuvo ávido de conocer el mundo.

Recordaba a Sabrina, salvada por un milagro del devastador accidente que había matado a sus padres. La dulce bebé, su cara diminuta, enmarcada por cintas y volantes, a quien la magia mecía, suspendida en el aire, mientras Hilda cantaba una canción de cuna de brujas.

Duérmete mi niña, arriba en el árbol
Cuando el viento sople, la cuna se mecerá
Cuando la rama se rompa, la cuna caerá
Y la niña volará sobre la aldea maldiciendo a todos.

Hilda había oído la versión mortal; creía que era horrible. Sus seres amados no caerían al suelo.

Ella siempre había sido la menos importante de la familia Spellman, aunque para una criatura que no tenía a nadie más que la cuidara, podía ser la persona más importante del universo.

Pero parecía que no podía hacer nada bien. Hasta cuando cuidaba a una criatura, Hilda lo hacía todo mal.

«Malcriaste a Ambrose, y mira lo que ocurrió», le había dicho Zelda cuando decidió acoger a Sabrina. «Estropeaste a ese chico. No cometerás el mismo error con Sabrina. Yo seré quien tome el mando con ella, y la convertiré en una luminosa oscuridad para la familia Spellman. Intenta no ponerte en mi camino y volver a estropearlo todo».

Hilda no creía que Ambrose estuviera estropeado. Seguía siendo su muchacho dulce, que la fastidiaba y la hacía reír, y se ponía de su lado en contra de Zelda. Pero resultaba obvio que había cometido un delito contra los de su propia clase y había sido condenado, obligado a permanecer en casa por una «conducta impropia de un brujo».

Zelda le había dicho a Ambrose que había deshonrado a su familia. A Hilda no le había importado tanto, salvo que su Ambrose, que quería comerse el mundo entero, estuviera atrapado en su casa. Él intentaba reírse de ello, pero ella notaba que su boca temblaba al hacerlo. Sabía que debía sentir como si las paredes se estuvieran cerrando sobre él. A veces, Hilda se sentía así, pero por lo menos ella podía ir al pueblo y echar una ojeada en la librería. El dueño era un hombre bastante guapo.

Le había preocupado que Ambrose sintiera celos de Sabrina cuando la niña había ido a vivir con ellos. Pero siempre la había tratado con afecto despreocupado, como si fuera una mascota. Cuando la niña era lo bastante pequeña como para que Hilda la llevara en brazos, Ambrose besaba su cabecita dorada mientras pasaba a toda velocidad al lado de ella, con la fugacidad del colibrí que lo caracterizaba. A veces Sabrina tomaba sus prendas o sus manos cubiertas de anillos con sus puños diminutos, incansable incluso entonces. Ambrose se dejaba atrapar, aparentemente divertido.

Pero, últimamente, toda la vida de Sabrina transcurría fuera de la casa de los Spellman. Cuando salía alegremente Hilda sorprendía a Ambrose con la mirada fija en la puerta de una forma que no le gustaba. Últimamente, no llevaba anillos ni se vestía como si fuera a salir de la casa en cualquier momento.

Quizás en ese último tiempo había estado celoso. Hilda comprendía lo que era desear una vida propia con tanta intensidad que odiases a cualquiera por tener la suya, pero tenía miedo de las oscuras pasiones en otros corazones. No supo de la vez en que Ambrose había conspirado para cometer un crimen. Ahora sabía que nunca podía estar segura de lo que hiciera su sobrino.

Si le hubiera dicho «no» más veces... Pero ahora no podía decirle que no. No podía decirle que no a Sabrina. Solo hacía falta que la miraran para que el corazón se le derritiera, ablandándose como la mantequilla en el infierno.

Zelda le decía que no a Sabrina todo el tiempo. Y ella rara vez le hacía caso. A Hilda le preocupaba que también fuera su culpa, que realmente estuviese estropeando a Sabrina, que ella y Ambrose estuvieran mejor sin ella.

Pero no soportaría abandonarlos. A ninguno de ellos, ni siquiera a Zelda. A veces, Hilda tenía una sensación muy rara de que su hermana tenía aún más miedo que ella. Por eso Zelda se aferraba a ella y luego la alejaba con tanta fuerza. Hacía que Hilda quisiera ser dulce, incluso cuando se sentía más frustrada con ella. Y quería estar al lado de Ambrose y de Sabrina, para consolarlos y defenderlos. Ese siempre había sido su lugar.

La muerte cansaba mucho. El peso de la tierra oprimía sus párpados, sellándolos. Cada vez que moría, Hilda se sentía más tentada de permanecer en su tumba. Vivir su vida era demasiado difícil. Padecer su muerte podría ser más fácil. Hilda podría mantener los ojos cerrados, y permanecer allí, estando sola y pensando en nuevos sueños mientras las raíces de los árboles se enroscaban en su cabello.

Mis hijos, pensó Hilda. Abrió los ojos, aunque la tierra se metía dentro de ellos, provocándole un escozor. Arañaba la tierra para abrirse camino hacia arriba, al aire y la luz.

De inmediato, recibió su recompensa. Sabrina estaba encaramada sobre una lápida cercana, esperando a que ella despertara mientras se comía un melocotón. Balanceaba sus zapatos con correa contra la lápida. Hilda parpadeó para quitarse la tierra de los ojos y observó los dientes blancos de su sobrina hundiéndose en la pulpa tierna de la fruta.

—¿Por qué lo hizo la tía Zelda?

Hilda se encogió de hombros. No recordaba lo que había hecho mal esa vez, solo que había comenzado a sentir esa sensación irritable de querer liberarse de Zelda. Le respondió bruscamente, y lo siguiente que supo fue que su hermana caminaba hacia ella con una expresión pálida y fija, empuñando un cuchillo. No tenía sentido preocupar a Sabrina hablando de todo aquel feo asunto. Hilda tan solo sonrió y se aseguró de que su sobrina se tomara la muerte a la ligera, sin pensar en las consecuencias.

—No ha pasado nada, querida.

Sabrina permaneció cerca del codo de Hilda mientras caminaba nuevamente hacia la casa. Una vez que se lavó la suciedad, Ambrose y Sabrina revolotearon a su alrededor como pajarillos auxiliares, decididos a levantarle el ánimo. Sabrina hablaba del instituto; Ambrose contaba chistes, haciendo que incluso Zelda apoyara el mentón sobre las manos y sonriese. La cocina estaba tibia, y las lámparas brillaban detrás de las vidrieras. En momentos como ese, Hilda pensaba que tenía un hogar precioso y una familia preciosa. Era muy feliz allí, a veces.

Si Zelda fulminaba alguna vez a Ambrose o a Sabrina, por más que los trajera de vuelta al minuto siguiente, Hilda pensaba que podría manifestar el valor y la furia que se esperaba de los Spellman. Sentiría la sed de sangre de la tigresa oculta en el largo césped cuyos cachorros se veían amenazados. Levantaría el cuchillo, la pala o la maldita hacha, y la lanzaría.

¿Quién sabía qué le haría a Sabrina? Ella era mitad mortal, mitad de la dulce Diana. Hilda jamás le había echado la culpa a Edward por querer a Diana. Ella también quería a Diana. Le había guardado secretos que nadie conocía, y que Hilda esperaba que nadie se enterase jamás.

Diana había muerto, algo que siempre les sucedía a los mortales. Pero el estupendo e invencible Edward había muerto con ella. Ambos padres de Sabrina, la mortal y el brujo. Tal vez no había una manera de protegerse de un corazón roto.

Nadie había escuchado hablar jamás de un individuo mitad brujo, mitad mortal. La Iglesia de la Noche no hablaba de otra cosa que no fuera de la conversión de Sabrina, de su bautismo oscuro. El aquelarre hacía silencio cuando Hilda y Zelda aparecían. Hilda tenía mucho miedo de que algo saliera mal. Tenía miedo de que el mundo lastimase a Sabrina, como había lastimado a Ambrose, como había destruido a su hermano.

Zelda jamás había tocado un solo pelo de la cabeza de Ambrose o de Sabrina. Jamás lo haría. *Ella también quería a los niños*, se repetía Hilda. Especialmente, a Sabrina, la luz de los ojos de Zelda. Su hermana ayudaría a Hilda a proteger a Sabrina, y la niña pasaría por su bautismo oscuro y sería una oscuridad luminosa. Enorgullecería a toda la familia como Hilda jamás había podido hacerlo.

En ese momento revolvió el pelo lustroso de Sabrina, apoyando los brazos contra la línea decidida de sus hombros delgados. Presionó su mano contra la mejilla de Ambrose, y él besó rápidamente su palma y ella sonrió e ignoró la tierra de la sepultura que se acumulaba bajo sus propias uñas.

El temor que la despertaba, incluso en el sombrío ocaso bajo la tierra, no significaba nada.

Sus hijos estaban a salvo.

EL ÚLTIMO DÍA DEL VERANO

A la mañana siguiente, muy temprano, una camioneta aparcó fuera de mi casa. Ambrose y la tía Zelda no se habían levantado aún, y yo estaba sentada con la tía Hilda comiendo las gachas que me había preparado con miel y nueces y, con suerte, sin ojos de tritón. La tía Hilda insistía en que eran nutritivos. Yo los encontraba perturbadoramente crujientes.

La tía Hilda bebía té con hierbas que flotaban en su taza de cobre y leía una de sus novelas románticas. Un hombre, con una larga melena en la parte trasera de la cabeza y una camisa con volantes, ocupaba la portada, junto a una mujer cuya columna vertebral parecía estar padeciendo el corsé que llevaba puesto. La dama del romance no podía estar cómoda, inclinada como lo estaba en los brazos del héroe.

—¿Es un buen libro?

La tía Hilda sonrió.

—Ay, Sabrina, ¡es una lectura apasionante! Se llama *Arrasada por un tornado*. El nombre del héroe es Tornado.

—Es… un juego de palabras.

No le dije que fuera uno eficaz.

—También señalan que es el esbirro de Satán en los clubes de Londres —continuó la tía Hilda—. Pero solo se refieren a la prostitución y el juego; en realidad, no le rinde culto al demonio. Lo cual me decepcionó cuando lo supe, obviamente, pero, de todos modos, ¡es una muy buena historia! Él es un duque, sabes, y la heroína es vendedora de pescados, y lo golpea sin querer en la cara con un pescado. ¡Lo cual consigue llamar su atención!

—Entiendo que suceda algo así.

Las arañas jugueteaban en el cabello de la tía Hilda, tejiendo telas hasta sus hombros y volviendo a subir como trapecistas de ocho patas. A los familiares de la tía Hilda también parecían gustarles las novelas románticas.

—¡Encontrar un anillo invaluable dentro del bacalao lo lleva a darse cuenta de que ella es la asesina que sufre de amnesia, contratada por su peor enemigo! Ella empieza a recuperar sus recuerdos y a conspirar contra él, incluso mientras Tornado está conspirando contra ella. Debido a sus mutuas conspiraciones, pasan de ser enemigos a amantes, luego enemigos de nuevo y, de nuevo, amantes, ¡y su falso compromiso se convierte en un matrimonio por conveniencia! —La tía Hilda hizo una pausa para respirar, y sonrió—. Además —añadió—: Tornado es un duque.

—Claro. No sé si su matrimonio funcionará.

—Tonterías, Sabrina —refutó—. El amor verdadero significa perdonarse mutuamente lo que sea. Eso incluye los intentos de asesinato. ¿Quieres leerlo cuando lo termine?

—Es que no sé si el libro estará a la altura de la experiencia de tu relato —le dije, momento en el cual oí la camioneta.

La tía Hilda y yo nos miramos extrañadas y fuimos juntas hacia la puerta.

Era Harvey. Saltó fuera para venir a saludarnos con una sonrisa extasiada.

—¡Hola, señorita Spellman! ¡Hola, Sabrina! ¿Cómo es posible que estés incluso más preciosa que ayer? No hubiera creído que fuera posible, pero ¡todas las mañanas haces posible lo imposible! Tommy tiene el turno del sábado en las minas, y dijo que nos dejaría en la feria. Mis dos personas favoritas conmigo. ¿Acaso hay una mejor manera de empezar el día?

Harvey me atrapó alrededor de la cintura y descargó una lluvia de besos ligeros sobre mi cara y mi cabello. Me reí, encantada pero un poco avergonzada, zafándome de sus brazos.

—Oh, Sabrina siempre ha sido tan adorable como una larva dulce y pequeña dentro de una manzana. —La tía Hilda sonrió y dirigió un saludo hacia la camioneta—. Hola, cariño.

Llamaba a todos mis amigos de ese modo. No es que Tommy fuera mi amigo pero, como era hermano de Harvey, supongo que la tía Hilda imaginaba que era lo bastante cercano.

Tommy apartó una mano del volante y la saludó a su vez.

—Hola, señorita Spellman.

El hermano de Harvey se parecía a él, pero era una versión menos interesante y complicada. Tommy estaba lejos de ser el artista torturado. Tenía la frente despejada, la voz calmada, y sus ojos eran de un azul claro y sonriente. Los de Harvey, en cambio, eran oscuros y, a menudo, estaban preocupados. No es que no me gustara Tommy. Me gustaba, aunque no lo conociera demasiado. Tommy le gustaba a todo el mundo. Tenía fama de ser un chico amable. Incluso más importante, Harvey lo adoraba, lo idolatraba con la veneración de un hermano menor a quien su ídolo jamás ha defraudado. Eso me bastaba.

Al subir a la parte trasera de la camioneta con él, Tommy me dirigió su habitual sonrisa de simpatía, y yo se la devolví.

—Quería echarle un vistazo a la más reciente celebridad del pueblo —dijo—. Harvey no podía dejar de hablar de ti ayer.

Sentí que mi sonrisa se atenuaba. ¿Acaso no había hablado de mí antes?

—Supongo que está deseando ir a la feria —continuó Tommy.

Me obligué a ensanchar mi sonrisa de nuevo.

—Yo también.

Harvey enlazó sus dedos entre los míos y me dirigió una tímida sonrisa, más como sus sonrisas habituales que las amplias y alegres sonrisas del día anterior. Me apoyé sobre su costado.

—Tengo una sorpresa para ti —me dijo.

—¿En serio? —Me arrimé aún más.

—¿Recuerdas cómo ayudé el año pasado a maquillar las caras de los niños?

Lo recordaba. Susie y Roz se habían ido por su cuenta, y yo me había quedado junto a Harvey, fingiendo que era una cita como quería que lo fuera.

—La señora del puesto dijo que, si me hacía cargo del maquillaje, entonces mi novia bonita y yo podíamos… —Harvey apretó mi mano—… ir a la feria gratis. Podemos subir a todas las atracciones, jugar todos los juegos, e incluso conseguir algodón de azúcar gratis. Qué buen arreglo, ¿verdad?

Ese año sería una cita. Y me había llamado su novia…

El rostro entusiasta de Harvey aguardaba una respuesta, y fue sencillo darle la que deseaba. Me acurruqué aún más cerca y susurré: «Es el mejor. Y también lo eres tú».

La camioneta roja tomó una curva pronunciada sobre la carretera que atravesaba el bosque verde. Alcancé a ver la leve sonrisa de Tommy Kinkle en el espejo lateral. Me pregunté si pensaba que éramos chicos tontos. Mis tías y Ambrose no nos tomaban a Harvey y a mí con ningún tipo de seriedad. Había escuchado una vez a la tía Zelda decir que muchas brujas jóvenes tenían distracciones pasajeras. No era como lo de Edward y Diana, le había dicho a la tía Hilda.

¿Cómo podía estar tan segura?

Era como lo de Edward y Diana. Por lo menos, eso esperaba. Quería ser como ellos.

Carraspeé.

—Anoche le pregunté a mi primo adónde iría si pudiera ir a cualquier lugar del mundo.

Tommy soltó una pequeña carcajada sin disimulo.

—Suena como una conversación interesante.

—Sí —convino Harvey.

Emitió la breve palabra en el momento mismo en que la camioneta se detuvo ruidosamente en el exterior de la feria. Había un enorme letrero blanco atado entre dos robles, con las palabras ÚLTIMO DÍA DEL VERANO, deletreadas sobre las hojas verdes que estaban pegadas encima. Del otro lado había una multitud de personas vestidas aún de verano, en camisetas y vestidos cortos y llamativos.

Salí de la camioneta, esperando que Harvey me siguiera. En cambio, se quedó sentado donde estaba, con la cabeza gacha. Fue Tommy quien salió de un salto del asiento del conductor. Nos miramos con preocupación.

—¿Adónde irías tú, Tommy? —preguntó Harvey, con la voz muy baja, retorciéndose las manos—. ¿Si pudieras ir adonde fuera?

Tommy extendió el brazo por encima del costado de la camioneta y lo sujetó en un fuerte abrazo, apoyando la frente contra la nuca de su hermano. Observé cómo se iluminaba la expresión melancólica de Harvey hasta convertirse en una tenue sonrisa, y a Tommy cerrando sus risueños ojos azules.

—Me quedaría aquí mismo contigo, Harvey —murmuró—. Chico raro.

Ahí la tenía, la respuesta que hubiera deseado que Ambrose me diera. Me volví para dirigir la vista en dirección al instituto. Me sentía avergonzada al advertir que estaba celosa. Sentía una molestia en el pecho, como si tuviera un animal enroscado alrededor del corazón y lo sintiera desenroscándose mientras despertaba.

No sentía tristeza al observarlos, pero hacían que me percatara de que corría el riesgo de sentir dolor, como si el animal que tenía envuelto alrededor del corazón tuviera garras que pudieran hundirse dentro.

Tal vez parte del crecimiento era darse cuenta de que tu corazón no estaba a salvo.

La feria del Último Día del Verano estaba instalada entre Greendale y el pueblo vecino de Riverdale, aunque más cerca de nuestro pueblo, situado cerca del bosque y no demasiado lejos del manzanar. Había tiendas a rayas blancas y azules, montadas sobre una extensión suave de césped verde, y una gran noria en la que cada cabina era de hierro fundido pintado de blanco, con elegantes volutas y asientos de terciopelo color rojo, como el coche de fantasía que podía llevar a Cenicienta al baile.

La mujer que dirigía el puesto de maquillaje nos había preparado banquetas y un cuenco de cristal lleno de gomas de mascar, el doble de grandes que las canicas y de todos los colores del arcoíris. Parecía contenta dejando a Harvey maquillando caras mientras se iba a disfrutar de la feria con su familia.

Me encaramé sobre una banqueta, meciendo mis piernas y disfrutando de ver a Harvey siendo adorable con los niños.

Los levantaba y los colocaba suavemente sobre un banco para poder llegar a sus caras. Luego los maquillaba con infinita ternura. A veces permanecía callado, la punta de su lengua asomándose entre los dientes mientras se concentraba, intentando pintar exactamente lo que cada uno pedía. Otras veces, hablaba en voz baja con ellos, con una voz suavemente socarrona. En esos momentos sonaba más que nunca como la de su hermano. Una vez que terminaba, los levantaba en brazos y los bajaba con un movimiento amplio. Los rostros de los pequeños brillaban, sonrientes y coloridos.

No me sorprendió que prácticamente todos los chicos de la feria se pusieran a hacer la cola.

Como llevaba un tiempo, cuando hubo que llevar a una niña de vuelta con su padre, yo la acompañé. Aparentemente, había venido al puesto de maquillaje sin permiso, pero su padre no parecía realmente enfadado. Me quedé hablando con ellos hasta que la madre de la chica se acercó con algodón de azúcar para todos. Pensé con añoranza que la pequeña tenía suerte de tener unos padres tan encantadores.

Me puse a caminar sola hacia la sombra de la noria, observando la cinta roja alrededor de mi muñeca que me dejaba entrar gratis a todas las atracciones y juegos. Harvey había tocado la cinta con orgullo y sugirió que fuera sola al laberinto de espejos.

El laberinto era un granero pintado de negro, con tiras delgadas de lámina metálica brillante que colgaban sobre las puertas abiertas. Le mostré mi brazalete a un chico con cara de aburrido, que tenía más o menos mi edad. Llevaba un sombrero y escribía a un ritmo frenético con su teléfono móvil.

En el interior había fardos de heno cubiertos con telas negras y pasadizos intrincados, bordeados de espejos. Podía oír a otras personas a la distancia, riendo y gritando, perdidas. Caminé por el laberinto, silbando. Tenía ramas de árboles retorcidas sobre las paredes y gente muerta en el sótano, supongo que había crecido sin que me asustaran demasiadas cosas.

Después llegué a un callejón sin salida. Un enorme espejo empañado colgaba en mi camino, bloqueando el paso. La superficie parecía casi ondulante y oscura, como el agua de un lago alborotada por un viento nocturno. Solo había una luz reflejada en el cristal, un destello de brillo intenso, como algo que ardía a lo lejos. Me acerqué un poco más.

Cuando advertí que la pálida luz que ardía era mi rostro, me detuve en seco, inquieta por la cara que no había reconocido, que era y no era la mía.

El laberinto de espejos estaba oscuro, pero seguramente el sol se colaba entre los resquicios. Rayos de luz atravesaban las ondas sueltas de mi cabello. Mi cara en el espejo estaba borrosa; por mucho que me acercara, no podía distinguirla, pero veía cómo brillaba.

Me hizo recordar, con una claridad violentamente repentina, a las palabras del espíritu junto al arroyo.

La luna brilló detrás de ti como una corona de huesos, y la noche te siguió por detrás como un manto de sombras. Me di cuenta de que habías nacido para ser una bruja legendaria.

Debería volver a hablar con el espíritu del pozo de los deseos, pensé. Ella lo había deseado. *Yo* deseaba ir. Sentía la urgencia con la misma fuerza irresistible con que había recordado las palabras. Me empujaba a salir de la feria, a abandonar a Harvey, y a internarme en el bosque en este preciso instante.

Pero era ridículo. No dejaría a Harvey para ir a ningún lado. Además, me di cuenta de que no estaba completamente segura de cómo salir del laberinto de espejos. De alguna forma, me había desorientado y perdido como cualquier otro mortal.

Pero las brujas no permanecían perdidas.

Tomé un pequeño carrete de hilo de mi bolsillo (el que siempre llevaba conmigo por insistencia de la tía Hilda), lo dejé caer y lo observé rodar solo sobre el suelo de tierra.

—*Consequitur quodcunque petit* —murmuré: un pequeño hechizo que siempre me había gustado. Significaba: «Ella obtiene todo lo que pide».

Toma esto, Ambrose. Mi latín era perfecto. Había estado hablando demasiado rápido; por eso no lo había comprendido.

Casi como si no hubiera querido que oyera el hechizo.

Me sacudí de encima ese momento de duda y seguí el hilo, caminando con seguridad a través del laberinto de espejos.

Salí por la trémula entrada de plata y vi a una de mis profesoras quieta en la sombra de la noria.

Llevaba su blusa habitual y falda de tejido escocés, como si siguiera en el instituto en lugar de estar en su día de descanso.

—¡Hola, señorita Wardwell!

Me dirigió una tímida sonrisa, parpadeando detrás de sus gafas, como sorprendida de que la hubiera reconocido.

—Hola, Sabrina.

—¿Ha venido con alguien?

—Oh... no —respondió la señorita Wardwell—. Solo vine a ver la feria. Esta es la feria del Último Día del Verano número cien; se trata de un acontecimiento bastante trascendente, ¿no crees? —Le dio una palmadita a su moño oscuro, y se soltaron algunos mechones más alrededor de sus broches—. Parece que nadie más aparte de mí se ha dado cuenta. Estoy a punto de convertirme en la historiadora no oficial de Greendale.

—Qué bien —dije para animarla.

Resultaba levemente extraño sentir que debía proteger a una profesora, pero la señorita Wardwell siempre parecía estar retrayéndose del mundo, asustándose con facilidad e ingenuidad como un ratoncito de campo de color café.

—Vaya, gracias, Sabrina —respondió, y añadió tras un instante de vacilación—: Es agradable ver a todas las familias aquí pasándolo tan bien.

Hice una pausa, echando un vistazo al puesto donde Harvey parecía estar acabando, y le dirigí una pequeña sonrisa. Para cuando me giré de nuevo hacia la señorita Wardwell, me miró asintiendo.

—Me alegro de haberte visto, querida.

—Espere...

Se alejó sin rumbo, hundiendo los tacones bajos de sus prácticos zapatos de color café dentro de la tierra. Nuevamente me había quedado sola bajo la noria, sintiendo un poco de pena tanto por la señorita Wardwell como por mí misma. No había advertido que nuestra profesora se sentía, de hecho, sola.

Después, cuando cayó la tarde, las luces de la noria se encendieron. Había estado esperando que las pequeñas lamparillas amarillas alrededor de las cabinas suspendidas se encendieran, pero no esperaba las relucientes proyecciones en el aire: azulejos y mariposas, estrellas, corazones y flores, como si alguien hubiera coleccionado ilustraciones de cientos de historias de amor y estuviera arrojándolas en el aire como confeti.

Si no hubiera habido otra bruja excepto yo en los alrededores, habría creído que era magia.

Unos instantes después, advertí lo que debía estar sucediendo. Recordé lo que había dicho la señorita Wardwell. La gente estaba poniendo todo de su parte para celebrar el centenario del Último Día del Verano.

Mis conjeturas resultaron acertadas cuando empezaron los fuegos artificiales.

Incliné la cabeza hacia atrás con admiración, sonreí y advertí que ya no estaba sola: Harvey estaba a mi lado. Su rostro estaba algo aturdido mientras acomodaba su camisa de franela, pero cuando vio mi sonrisa, él también sonrió.

—¿Un largo día pintando caras? —pregunté—. Eres mi héroe artístico. ¿Qué te parece si nos subimos a la noria?

—Te seguiría al infierno —declaró.

—No hace falta —le aseguré—. La noria parece divertida.

Harvey tomó mi mano con un gesto amable, y me ayudó a subir a la cabina con una reverencia, como un caballero salido de un cuento de hadas.

—Milady.

—Entra aquí, idiota —dije, tirando de él hacia el asiento de terciopelo, junto a mí.

La noria giró hacia delante sacudiéndose, meciendo la cabina ligeramente en el aire. Mientras subíamos, balanceé mis pies sobre el parque de atracciones, que se volvía más y más pequeño por debajo. Los kilómetros de bosque verde se oscurecieron con la caída de la noche, e imaginé qué se sentiría poder volar.

Luego me di la vuelta para mirar a los ojos de Harvey. No miraba al cielo, me observaba, con su mirada más atenta y seria, como solo mira cuando desea dibujar y encuentra algo precioso. Quería que siguiera mirándome exactamente de ese modo tanto como quería volar.

—Sabrina —murmuró—, te quie…

Lo besé para interrumpirlo, mis dedos enroscándose con fuerza en su cabello. Estaba desesperada por escucharlo, y estaba desesperada por no hacerlo. Quería que fuera real.

Era tan ridículo como una bruja que se pierde en un granero. Un pequeño hechizo no significaba que esto no fuera real.

Cuando el beso desesperado llegó a su fin, Harvey bajó los ojos. La sombra de sus pestañas, oscureciendo sus mejillas.

—Guau —dijo en voz baja, satisfecho.

Alisé su pelo, completamente revuelto donde lo había sujetado, peinándolo. Jamás le haría daño, e incluso si había hecho eso sin su permiso o su conocimiento, como decía la tía Hilda: «El amor verdadero significa perdonarse mutuamente lo que sea». Siempre había tenido que ocultarle secretos. Ese era solo uno más.

Los fuegos artificiales estallaron en el cielo. Aunque el territorio de la feria y el bosque se hundían en las sombras, el molinillo de fuegos artificiales y las velas romanas iluminaron la noche. Había explosiones verdes cuyas luces dejaban rastros sinuosos sobre el cielo como serpientes. Había explosiones que reflejaban el azul eléctrico de las aves martín pescadores. Había explosiones que resplandecían como estrellas fugaces, emitiendo una luz tan intensa que dejaban restos esparcidos como polvo dorado sobre las pestañas caídas de Harvey.

Nuestra cabina se meció, encaramada sobre la noche y envuelta en luz. Después se inclinó hacia mí, con la mayor lentitud, para volver a besarme.

Era fácil creer que no había ninguna clase de magia esa noche, salvo la de ese momento.

LO QUE SUCEDE
EN LA OSCURIDAD

El paseo de un brujo no se parecía al paseo de un mortal. Era más probable que un brujo saliera de noche, con el cuerpo desvestido o a besar la luna.

Harvey no lo sabía. Tampoco que su novia era una bruja ni que las brujas eran reales. Había estado planeando llevar a Sabrina a la feria durante meses. El año anterior habían acudido, y él había maquillado las caras de algunos niños solo para divertirse, y se habían vuelto locos. La señora Grabeel había ofrecido amablemente que, si volvía y lo hacía oficialmente ese año, él y su novia podían pasear en todas las atracciones y jugar a todos los juegos gratis.

Era el mejor acuerdo que Harvey había escuchado jamás. No tenía mucho dinero para invitar a salir a Sabrina.

Solía preocuparle el asunto. Ahora no imaginaba por qué. Ahora no se imaginaba preocupándose por nada. El mundo era un lugar precioso.

Era un día muy bello. Harvey intentó entrenarse para desarrollar un ojo de artista, apreciando cada detalle, y había mucho que apreciar. La noria blanca daba vueltas contra el fondo de árboles, como un mantel de encaje que giraba sobre una mesa. Había algunas nubes cubriendo el cielo, pero hasta las nubes estaban impregnadas de sol, de modo que hacia donde mirara veía un paisaje rodeado de un halo de difusa luz dorada.

Una multitud de gente había asistido al festival. Harvey se asombró de que incluso hubieran ido forasteros a Greendale: una mujer con un corte mohicano genial, teñido de color lavanda, comprando *fannel cake*; un chico de negro que parecía como gótico preparatorio adicto a la gomina, mirando su manzana caramelizada con una mezcla de hostilidad y recelo; un hombre con un traje caro, que traía a sus dos pequeñas al puesto para que les maquillaran la cara.

Y la persona más maravillosa de la feria estaba allí en el puesto con él. Sabrina estaba entregándole sus pinturas.

—Puedes ir y subirte a las atracciones —dijo con orgullo—. Es invitación mía.

—Te esperaré para ir —le respondió ella, colocando la mano un instante en la curva de su codo.

El contacto de su mano lo atravesó como un rayo a través del agua, aclarando de pronto todo lo que había estado oscuro.

—Intentaré no tardar demasiado —prometió—. Si te aburres, siempre puedes probar el laberinto de espejos. Cuando era pequeño, me perdí allí y no he vuelto a entrar.

Había habido demasiados espejos, mostrando a muchos Harvey. En la plateada penumbra, sintió que estaba viendo mil versiones patéticas y débiles de su alma: era como mirarse a través de los ojos de su padre. Todos los espejos lo mostraban con la mirada atemorizada.

Harvey se había derrumbado con un gemido, y Tommy había irrumpido en el juego para sacarlo al exterior. *Era típico de su hermano*, pensó. No estaba seguro de por qué había tenido miedo. Debió haber sabido que su hermano siempre vendría a por él.

Ese día no podía imaginar sentir miedo o preocupación, pero de todas formas no quería entrar en ese laberinto de espejos y sombras. No quería ver ninguna versión de sí mismo. Solo quería mirar a Sabrina.

Ella era una presencia luminosa en el límite de su campo de visión mientras Harvey masticaba las gomas de mascar tan grandes como canicas que la señora Grabeel había dejado en el puesto y se ocupaba de pintar todas las caras de los niños. Escuchó que alguien decía que era inofensivo. No hubo intención de elogiarlo, pero él lo tomó como un cumplido. ¿Quién quería ser visto como una amenaza?

Sabía lo que significaba tener miedo de alguien grande y furioso. Jamás quería hacer que los niños se sintieran así; era mucho mejor hacerlos sonreír.

Cuando la fila estuvo a punto de acabar, Harvey pintó, a petición de una interesada, unas mariposas verdes y azules que cubrían todo el rostro de una niña muy pequeña con una falda rosa de tul. La atracción principal era una enorme mariposa color púrpura, cuyas alas se desplegaban sobre el puente de su nariz.

—No puedo ver a mi padre —dijo la niña, frunciendo ligeramente el ceno.

—No te preocupes —le dijo—. Mi preciosa asistente y yo lo encontraremos.

Harvey le mostró a la pequeña sus mariposas en el espejo redondo, y ella soltó una risita y alzó las manos hacia él. Levantándola del banco, la hizo girar, convirtiendo su falda de bailarina en una ráfaga de tela traslúcida. Tras darle un beso en la punta de la nariz, la colocó en brazos de Sabrina. La pequeña se aferró a su bonito jersey de color verde mientras ella la estrechaba contra el pecho.

Sabrina miró a la pequeña arrugando la nariz, y la niña soltó una carcajada. Harvey casi podía imaginar el temblor de las alas iridiscentes de las mariposas, a punto de remontar vuelo. Rio con la niña, y Sabrina se unió a ellos, y por un momento todos rieron abrazados en un círculo de colores que giraban.

Hasta el muchacho hosco vestido de negro hizo una pausa al pasar por el puesto, entornando sus penetrantes ojos negros mientras observaba las mariposas pintadas.

Harvey echó un vistazo al parque de atracciones y encontró al hombre con el traje costoso, sujeto de la mano de su hija mayor. Inspirado por la reciente magnanimidad que sentía hacia los demás, le pareció que el hombre debía ser un gran padre. Sus hijas no parecían temerle en absoluto.

—¿Podrías llevar a la señorita Mariposas a su padre, Sabrina?

—Claro —accedió la chica más dulce del mundo.

—Otro beso —gorjeó la pequeña.

Harvey sonrió y depositó otro beso sobre su nariz diminuta. Aprovechando que estaba allí abajo, también besó la nariz de Sabrina, y alcanzó a ver de cerca la chispa encendida de su sonrisa.

Una vez que se incorporó, Harvey vio que el tipo de negro seguía observando, y que una pequeña sonrisa asomaba a sus labios. Sabrina se alejó, llevando a la niña hacia la noria.

Normalmente, él se hubiera sentido cohibido con un desconocido, y definitivamente con alguien como este tipo, un joven que tenía su misma edad, con un indefinible pero inconfundible aspecto genial que toda la escuela identificaría de inmediato. El chico tenía un largo abrigo negro que parecía *hecho a medida*. Harvey llevaba la chaqueta estropeada de su hermano, forrada con piel de cordero.

En cualquier otro momento, hubiera importado. Ese día el mundo brillaba, y parecía fácil sonreírle despreocupadamente al otro joven y decir:

—Qué bonita, ¿verdad?

Si se refería más que nada a la brillante cabeza de Sabrina inclinada con ternura sobre la pequeña, nadie tenía por qué saberlo.

Por un instante, el chico de negro pareció sorprendido de que le hubieran dirigido la palabra. Pero antes de que la ansiedad pudiera pinchar el reluciente globo de valor de Harvey, el breve momento de duda pasó y el chico lanzó una amplia sonrisa.

—Sí, totalmente de acuerdo —respondió—. Muy bonita.

Tras otra pausa, que pareció contemplativa, el chico aparentemente tomó la decisión de balancearse y entrar al puesto. Harvey lo miró, y luego se giró nervioso hacia la señora Grabeel, repartiendo molinillos a los chicos que esperaban que les pintaran la cara.

—No está permitido... —empezó a decir.

El chico lo desestimó con un gesto.

—Las leyes mortales no aplican para mí.

—¿Qué? —preguntó sin comprender.

La señora Grabeel miró por encima del hombro, y el muchacho le dirigió su sonrisa. La mujer de hecho sonrió con adoración y le dio una palmadita a su cabello.

—Oh, no hay problema. Cualquiera de tus amigos puede acompañarte, Harvey. ¡Estás haciendo un gran trabajo!

Harvey sonrió sin pensarlo, encantado de que lo creyera.

—Pero no, eh, no lo conozco en absoluto... —protestó cuando la señora Grabeel ya había vuelto a su tarea.

—Nick —dijo el chico—. Sigue adelante.

Nick, pensó Harvey, *no entendía lo que eran los límites.* Tomó una banqueta y se puso a hojear los bosquejos que él había dibujado para darles ideas a los chicos acerca de cómo querían pintarse la cara, desparramando las páginas despreocupadamente a su alrededor.

—Le has pintado mariposas a esa niña.

—Es lo que ha pedido —dijo Harvey.

Nick levantó la mirada de las hojas, disparándole otra sonrisa. Harvey no sabía si se trataba de una sonrisa completamente amable. Aunque parecía divertido, conocía bromas malvadas, bromas que no lo incluían a él.

—No entiendes mucho los dobles sentidos, ¿verdad? Ni tampoco el sentido más literal.

Harvey se encogió de hombros, incómodo. Deseaba que Nick se marchara. El día era tan glorioso, y el muchacho era la única mancha oscura en el paisaje dorado.

El siguiente pequeño tiró de la manga de Harvey.

—Quiero ser un dinosaurio.

—Oh, ¿te refieres a un dinosaurio feroz? ¿Cómo el *Tyrannosaurus Rex*? —hizo el sonido del *Tyrannosaurus Rex*.

—Pero ¡no me quiero extinguir!

—De ningún modo —le dijo—. De cualquier forma, es posible que los dinosaurios no se hayan extinguido. Dicen que quizás se convirtieron en pájaros.

—¿En serio? —El chico se rio—. Los pájaros no se parecen en nada a los dinosaurios.

Harvey dibujó con cuidado los dientes feroces de un *Tyrannosaurus Rex* alrededor de la boca del pequeño.

—Algunos, sí. En Australia, hay un pájaro llamado casuaurio. He leído sobre ellos. Algunos llegan a tener casi dos metros de altura y tienen garras realmente afiladas.

Harvey fingió lanzar una garra hacia el pequeño. El niño se retorció, encantado, y echó a correr para mostrarle su cara de dinosaurio a su madre. Nick miró a Harvey extrañado, probablemente, pensando en lo perdedor que era. Sin duda, era lo que la gente creía de él en el instituto.

Nadie había invitado a Nick al puesto de maquillaje.

—Es verdad lo de los casuaurios —dijo a la defensiva—. Hay muchas más cosas geniales en el mundo de lo que la gente sabe.

—Oh, no me cabe la menor duda. «Hay más cosas en el cielo y en la tierra, Horacio, de las que han sido soñadas en tu filosofía» —murmuró Nick.

Harvey parpadeó.

—«El cielo y la tierra». Es la cita de Shakespeare, ¿verdad? «Hay más cosas en el cielo y en la tierra...».

—Si tú lo dices. —Nick tenía de nuevo la incipiente sonrisa burlona—. Realmente, no lo sabría.

Por lo general, Harvey hubiera tenido miedo de decir lo que pensaba, pero el temor había desaparecido hacía unos días. No dejaban de salir de su boca ideas altisonantes de modo temerario, sin que lo detuvieran las dudas habituales, y ahora no podía impedir el torrente de palabras.

—Hay casuarios. Las auroras boreales a veces brillan de color rojo, azul y verde. Y hay peces que emiten un resplandor de neón. Todo eso es real. Hay espectáculos asombrosos en el mundo, cosas que parecen milagros y parecen fábulas pero que son ciertas, y mientras esperas ver maravillas, están las maravillas de tu propio hogar que te recuerdan que son ciertas. —Harvey dejó de hablar. Aquella confianza luminosa había pasado. Ahora se le ocurría que debía sonar increíblemente estúpido.

—Ya me entiendes... —masculló.

Nick sacudía su oscura cabeza con énfasis.

—No, en absoluto.

Harvey se sintió aún más idiota.

Nick vaciló, una pausa más larga esta vez.

—Pero suena fantástico —dijo en voz baja.

Harvey asintió, animado.

—Sí. ¿Sabes cómo a veces todo duele tanto y no sabes por qué, y no sabes cómo unir todas las piezas para que tengan sentido?

Nick se mordió el labio.

—Hago un esfuerzo por entender las cosas. No siempre... lo consigo.

—Yo casi nunca lo hago —dijo Harvey con franqueza—. Pero a veces entro en el instituto, y veo a una chica, y de pronto todo lo que estaba confuso se vuelve claro como el agua. O entro en mi casa y creo que sucederá algo malo, pero, en cambio, veo a mi hermano. O camino por el bosque hasta la casa de una chica, y la puerta se abre y no importa si hay bruma o lluvia. Todo parece completamente lógico. Todo brilla.

Hizo silencio un momento, pensando en su hermano. Había algo que lo había preocupado mucho, pero no parecía poder retener ninguna preocupación. Se esforzó por un momento, tanto que le dolió la cabeza por el esfuerzo, pero de todas formas no pudo recordarlo.

La voz de Nick abandonó el tono indulgente, en el que se había sentido un tanto extraviado, y recuperó su cinismo.

—Oh, ¿una chica?

—*La* chica —corrigió Harvey.

—Hay muchas chicas —remarcó Nick—. No me limitaría a ninguna si fuera tú. De hecho, ya que hablamos de las maravillas que ofrece este mundo, está lleno de muchas chicas atractivas...

—No como esta —dijo Harvey, seguro—. No una chica que cambia el mundo. El amor le da sentido al mundo. Tendrías que ser un idiota para no querer la llave de todos los secretos del universo.

—¿Así que te gusta porque te dará todas las respuestas?

—Ella *es* todas las respuestas —dijo Harvey—. No se trata de lo que me da.

Un pequeño tiró con fuerza de sus vaqueros sueltos y gastados. Tenía la expresión de haber estado esperando un rato mientras un perdedor pronunciaba un discurso apasionado sobre el amor.

—¡Lo siento! —Harvey se sintió mortificado—. ¿Qué te gustaría?

El chico se animó de inmediato.

—¡Un tigre!

Harvey empezó a pintar un tigre sobre la cara del niño, una enorme mancha de color naranja, con trazos audaces de color negro.

—Guau, vaya. Oye, mortal, ¿normalmente les hablas así a los desconocidos? —preguntó Nick en voz baja, pero la aspereza de su voz había desaparecido de nuevo.

—No —respondió Harvey, distraído—. Me pone nervioso hablar con desconocidos.

—¡Jamás me habría dado cuenta! —exclamó Nick—. Me refiero a que iniciar una conversación filosófica profunda sobre los sentimientos... Normalmente, yo me acuesto con la gente, o las maldigo, ya sabes, lo normal...

Harvey estaba concentrado en pintar una cara de tigre y mayormente no prestó atención, pero sí advirtió que ese joven raro acababa de pronunciar algo relacionado con la palabra *sexo* delante de un *niño*. Le dirigió a Nick una mirada escandalizada.

—¿Qué? —preguntó el joven. Parecía un tanto alterado—. Me refiero a que está bien. Me gusta. Eso creo. Es solo que no lo comprendes. Hay personas que tienen el corazón tan duro e insensible como el muro más alto de piedra.

—Lo siento —dijo Harvey—. Pero esas son tonterías. Los corazones no son muros. Quizás construyas muros alrededor de tu corazón porque no quieres que te hagan daño, pero eso parece muy triste. Supondría no sentir absolutamente nada.

Nick se mordió el labio.

—He tenido... sentimientos. No últimamente. Pero durante mi vida. He tenido algunos... sentimientos. Soy capaz de hablar de sentimientos.

Apartó la mirada y empezó a enderezar con cuidado los dibujos que había desordenado. Harvey se calmó. En el estado en el que estaba, era difícil aferrarse a cualquier pensamiento negativo. El asombro o la preocupación, los temores o las dudas, se deslizaban de la superficie brillante de su mente. Le dio los últimos toques al tigre, que estaba saliendo muy bien, y empezó a tararear en voz baja.

—Pareces... realmente feliz —lanzó Nick. Sonaba perdido de nuevo.

—Lo estoy —respondió.

Retrocedió un paso y le mostró al pequeño su cara de tigre. Detrás de él, oyó que Nick murmuraba algo que no alcanzó a entender.

El sol golpeó el cristal del espejo. La cara de tigre era aún mejor de lo que Harvey había imaginado: parecía tan real que por momentos creyó que los bigotes pintados se retorcían.

El niño esbozó una sonrisa de incredulidad. Harvey le devolvió la sonrisa y emitió un pequeño rugido. Al bajar el espejo, el reflejo de Nick también quedo captado en el cristal, guiñándole el ojo al niño y sonriendo secretamente para sí. No era en absoluto una sonrisa malvada. *Quizás ninguna de las demás lo había sido*, pensó Harvey, con aquel sentimiento de calidez que irradiaba hacia todo el mundo.

Nunca había querido ser temeroso o desconfiado de nadie. Pero no había podido evitarlo. Ahora, de pronto, podía tener una mejor actitud.

Quizás Nick solo fuera un chico solitario o se sintiera infeliz. Harvey inclinó el espejo y le dirigió una gran sonrisa a su vez.

El joven parecía realmente contento.

—Estos dibujos son bastante buenos. ¿Dibujas mucho?

—Todo lo que puedo. —A Harvey le sorprendió el repentino interés, aunque le complació—. Cuando mi padre no está mirando.

Nick hizo un gesto de aprobación.

—Me gustan los rebeldes.

—¿Tú dibujas?

—No así. Imágenes para rituales, ese tipo de cosas. Para la academia—explicó Nick—. Para las clases avanzadas.

—Oh, las clases *avanzadas* —señaló Harvey—. Todo un chico raro.

En cuanto lo dijo se le ocurrió que decirle algo así a alguien que acabas de conocer no era la idea más brillante. Tommy solía llamarlo así, y a Harvey le gustaba. La palabra sonaba suave en la boca de su hermano, entrañable. Esperaba que no hubiera sonado dura en su propia boca.

No lo creía.

Nick se pasaba la mano a través de su pelo casi negro; seguía sonriendo.

—Lo que tú digas, granjerito.

Harvey no tenía amigos hombres y tampoco tenía realmente experiencia en lo que estaba bien o no decirles. La mayoría de los chicos del instituto se burlaban de él porque le gustaba el arte, por tener solo amigas mujeres y por no querer hablar de fútbol. Siempre tenía la incómoda sensación de que sea cual fuere el defecto que su padre veía en él, los tipos del instituto también lo percibían.

De pronto, pensó con ilusión que sería agradable tener un amigo hombre.

—¿Te gusta el fútbol? —preguntó.

Nick parpadeó.

—¿Qué es el fútbol?

Harvey sonrió.

—Así me siento yo también respecto al fútbol.

La fila de chicos que parecía interminable se había acabado, y en todo el parque se veían niños con las caras dibujadas con diseños bonitos o pinturas extravagantes. Alegraban la feria, y Harvey pensó que quizás él les había alegrado el día. Era todo lo que deseaba: añadir un poco de luz al mundo. El cielo estaba oscureciendo, pero eso significaba que el horizonte era una línea de oro puro.

Era como si hubieran arrancado cualquier sombra de temor o de duda de sus ojos, y todo lo que veía brillaba.

95

Sabrina hablaba con una de sus profesoras junto a la noria. Las sombras habían saltado de una hoja a otra hasta sumir los árboles en la oscuridad, pero la noria era un círculo delicado de luces. Brillaban sobre la reluciente melena de Sabrina, danzando sobre sus orejas con la suave brisa, interrumpidas por la minúscula cinta del pelo. La vio echar un vistazo disimulado hacia el puesto y advertir que la fila había terminado. De perfil, vio la curva de su sonrisa extrañamente sabia. Sabía que él se reuniría pronto con ella.

—Esa es ella —le dijo a Nick—. La única chica del mundo. Esa es Sabrina. ¿Acaso no es la cosa más preciosa bajo el cielo?

La voz de Nick sonó ligeramente áspera.

—Oh, demonios, sí. —Tamborileó incansablemente los dedos sobre el costado del puesto—. Así que esa es la famosa Sabrina. Ya me parecía.

Harvey frunció el entrecejo, sin entenderlo, pero luego se distrajo con el repentino estallido de luces. La pequeña de las mariposas se subió a uno de los compartimentos de la noria con su hermana. Cuando la cabina dio una sacudida y echó a andar, brotaron a su alrededor una profusión de luces de colores, creando la forma de una mariposa con las alas extendidas. Las alas se convirtieron en una rosa color rojo rubí que desplegó sus suaves pétalos.

El resplandeciente reflejo cayó sobre Sabrina, como si hubiera sido señalada con un reflector. Su suave cabello quedó teñido de pronto de un intenso color rojo. La rosa se convirtió en la primera estrella de la noche: siete puntas cristalinas que giraban con la noria, y el cabello dorado de Sabrina pasó a ser blanco como la nieve. Harvey inhaló largamente por el asombro y reunió sus lápices con torpeza. A veces sucedían esas cosas alrededor de Sabrina, como si cambiara el mundo solo circulando por él. Era su chica mágica.

Extendió la mano para sujetar un papel, y al hacerlo su mirada se posó en Nick, cuya mano estaba en alto como enmarcando la estrella entre sus dedos. Tenía los ojos bien abiertos; una luz blanca y deslumbrante llenaba sus zonas oscuras.

—Qué preciosa. Es como si fuera mágica —dijo Harvey, junto con la suave exhalación de su aliento maravillado.

Llevó el lápiz al papel y dibujó a Sabrina bajo la noria, concentrado en el movimiento de la punta de color sobre la página en blanco, transformando lo que no había sido nada en un reflejo de belleza.

—Entonces... —Nick carraspeó—, ¿quieres compartir?

—¿Qué? —Harvey advirtió lo que pedía y le empujó el recipiente de cristal lleno de gomas de mascar con la mano libre—. Claro.

El joven sacó una bola de goma de mascar con una sonrisa perezosa y feliz.

—Genial.

Sobre el terreno de la feria, donde el domo del cielo era de un intenso color azul y descendía tiñéndose de tonos verdes y cobrizos hasta la línea final de color dorada, los fuegos artificiales brotaron repentina y silenciosamente como flores en un área sombreada. Brillantes estelas de color rojo atravesaban la oscuridad como estrellas sangrantes.

—Oh, Dios —exclamó Harvey.

—Él no tiene nada que ver con ello —masculló Nick—. No sé por qué tiene que recibir todos los elogios.

Harvey se encontraba distraído por la deslumbrante variedad de colores, las curvas delicadas de color amarillo de los narcisos, los racimos blancos de la *gypsophila* y los puntos azul brillante de la miosotis, que se unían al rojo de la rosa y a las líneas serpenteantes de verde frondoso. Era como si el cielo de la noche fuera un oscuro forastero que hubiera llegado con un ramo de luces.

—No ocurrió nada de esto en la feria el año pasado —dijo Harvey—. Es asombroso. —Se percató de que incluso en el bosque oscuro brotaban flores, estallando con colores deslumbrantes. No podía creer no haberlas advertido antes.

—Estás dibujando. Te gusta. —Nick parecía contento—. Pero eso no es nada. Yo puedo... seguro que toda la noria puede soltarse y echar a rodar alrededor del campo, iluminándolo todo.

Harvey interrumpió su dibujo.

—Si la noria se soltara y echara a rodar alrededor del predio, entonces sería...

Nick parecía entusiasmado. Por algún motivo, se había arremangado las mangas.

—¿Fascinante y artístico?

—La gente quedaría aplastada y moriría. Sería...

Nick hizo una mueca.

—¿Un caos?

—¡Una horrible tragedia!

—Oh, claro —respondió. Empezó a bajarse las mangas con aire de decepción—. Entonces, qué suerte que no va a suceder.

Harvey asintió, momentáneamente horrorizado por la morbosa imaginación de Nick. La punzada de inquietud pasó como pasaban todas las demás preocupaciones últimamente: como si la borrara una mano que dibujaba la historia de su vida y no permitiera entrar ningún error discordante. Era posible que Nick fuera como Sabrina, que adoraba las películas de terror con una pasión profunda e inexplicable. Harvey se alegró al pensarlo.

—¿Quieres venir a conocer a Sabrina conmigo? —preguntó.

El rostro de Nick se iluminó por un instante.

—Me encantaría. Déjame pensarlo un momento.

Harvey asintió.

—No hay prisa. —Metió los lápices, las pinturas y los papeles rápidamente en su bolsa mientras seguía pensando alegremente en películas de terror y en potenciales citas dobles. A menudo, había pensado que sería genial encontrar una persona inteligente y simpática para Roz. Harvey advirtió que, por lo que había visto de la personalidad de Nick hasta el momento, era probable que al padre de Roz *no* le gustara Nick, pero quizás eso no importara.

—Oye, ¿estás soltero?

—Puedo estarlo —respondió Nick con facilidad—. Sí importa.

—¿Qué significa eso? —preguntó frunciendo el ceño.

Nick emitió un sonido tranquilizador, como acallando un grito.

—No te preocupes por ello. Sabrina está esperándote.

Su nombre despertó un recuerdo. Harvey sintió una oleada de desconfianza por dentro, y luego la desconfianza prácticamente volvió a escurrirse entre sus dedos al sentir el deseo casi irrefrenable de no preocuparse y de ser feliz. Esta vez pensó en Sabrina, y se las arregló para aferrarse a aquel pensamiento.

—Has dicho... —le dijo a Nick lentamente—. Has dicho «así que esa es la famosa Sabrina». ¿A qué te referías? ¿Qué ocurre?

—No te enfades —dijo Nick—. No es *mi* culpa que no sepas nada.

—¿De qué diablos hablas?

Su voz sonó severa para sus propios oídos, como advirtiéndole que debía sentir temor. El puesto era una pequeña jaula de madera llena de sombras. Nick se levantó de la banqueta, y no debería haber resultado amenazante ya que Harvey era más alto que él, pero lo fue. El chico avanzó acechándolo con paso resuelto, y él saltó hacia atrás. Fue como si una máscara hubiera caído del rostro de Nick, y sus ojos fueran dos portales hacia la oscuridad. Harvey quedó conmocionado al caer en la cuenta de lo estúpido que había sido. Ese chico no era un amigo. Una certeza fría y cada vez más firme se apoderó de él: ese tipo era un enemigo ancestral.

—Y yo que creí que esta sería una noche muy divertida —murmuró Nick, con tono algo pesaroso. La luz se había escurrido de sus ojos—. Pero no, ahora no es el momento. Parece demasiada tragedia en medio de tanto algodón de azúcar. No quiero causar una mala primera impresión.

El humo de los fuegos artificiales parecía estar filtrándose a través del aire, resecando la boca de Harvey.

—No entiendo.

—Lo harás, granjerito —prometió Nick—. Pero no esta noche. Olvida.

—¿Disculpa? —preguntó Harvey, paralizado. Como si pudiera hacerlo.

Nick asintió.

—Sí, yo también lo siento, un poco. Lo que sigue está destinado a ser una bendición... pero... por desgracia para ti... no soy realmente el tipo de persona que reparte bendiciones.

Ciega el entendimiento y ciega tu alma
Que estos recuerdos dolorosos salgan.

—Espera —dijo Harvey, desesperado.

Nick le soltó un beso y le guiñó el ojo. Su rostro divertido fue lo último que vio Harvey antes que una cortina cubriera sus pensamientos que luchaban por abrirse camino, disipándolo todo, amortiguando sus sentidos.

—¿Qué ibas a hacer antes de conocerme?

Estaba ahí mismo, pero la voz de Nick, que preguntaba casi sin verdadero interés, estaba a punto de desvanecerse. De algún modo, empezó a perderse de vista.

Harvey parpadeó con fuerza y su vista se volvió borrosa.

—Subirme a la noria con Sabrina, decirle que la quiero: jamás se lo he dicho...

—Oh —la voz de Nick era suave—. Entonces, creo que debes hacerlo.

Harvey asintió con un movimiento rápido y espasmódico, como una marioneta manipulada por manos torpes. La mirada dubitativa y perpleja se desvaneció de su rostro. Se alejó del puesto a tropezones, con pasos vacilantes al principio, pero luego cada vez más seguro en dirección a Sabrina.

—Nos vemos después —murmuró Nicholas Scratch. Se alejó aún más de la luz y fuera del recuerdo, con una sonrisa ácida y malvada, masticando su goma de mascar.

El paseo de un brujo podía volverse peligroso.

LAS HERMANAS EXTRAÑAS

La feria del Último Día del Verano tuvo un precioso final, y el resto del fin de semana fue agradable. Salí a tomar un café con Roz y Susie, y cuando regresé Ambrose me abrió la puerta y la tía Hilda estaba preparando la comida favorita de la tía Zelda. Todo el mundo parecía estar de buen humor, y no como si Ambrose me estuviera ocultando secretos o la tía Zelda hubiera matado a su hermana apenas unos días atrás.

Intenté no pensar en nada de ello y, mayormente, lo logré.

El lunes bajé las escaleras para encontrar a Ambrose coqueteando de nuevo con la mujer que entregaba el correo. Llevaba vaqueros y una camiseta de verdad con la que no había dormido, así que probablemente le gustara. Me dirigió una sonrisa inusualmente radiante y me saludó con entusiasmo mientras yo descendía nuestra escalera de dos tramos.

—¡Hola, prima!

—¿Ella es *tu* prima? —preguntó la cartera.

—Por eso la llamo así, claro —dijo Ambrose—. Sería un apodo raro.

—Solo quise decir… —Se sonrojó con la intensidad y facilidad con que se sonrojan los pelirrojos, una marea roja que inundó su rostro ahogando sus pecas—. Como eres afroamericano…

Me acerqué para detenerme junto al codo de Ambrose y comerme mis cereales, mirándola con hostilidad concentrada.

—¿A qué te refieres? ¿Entonces no puede ser mi primo?

—No he querido decir eso.

Terminé mis cereales y sujeté el codo de Ambrose con fuerza. Mi primo me apartó con suavidad.

—Es bastante ridículo —dijo—. No soy afroamericano. Soy *inglés*. Hay una bandera del Reino Unido en mi habitación. La cual no verás.

¿Fue eso lo que le había molestado? Me quedé mirándola con fijeza mientras la cartera huía, lanzándonos miradas de furia. Pensé que quizás se nos perderían muchas cosas en el correo en las semanas siguientes… hasta que la tía Zelda redirigiera una vez más la entrega de la correspondencia.

Ambrose caminó hacia las ventanas. Me pregunté si miraba a la mujer que se alejaba, pero cuando me acerqué vi que su rostro estaba inclinado hacia el cielo y entornaba los ojos. Levantó una mano, trazando el derrotero de los pájaros que volaban en el aire con el dedo y el pulgar.

—¿Cómo te sientes? —pregunté.

—Si alguna vez me permiten volver a tener a un familiar —dijo—, me gustaría un pájaro.

El familiar de un brujo es un demonio con forma de animal que se convierte en su aliado en todo lo referente a la magia. La tía Hilda tenía a sus arañas. A veces, cuando leía sus novelas románticas, se sentaba a la mesa de la cocina con una hilera de arañas que ascendían hasta su muñeca y se instalaban en la cavidad de su mano libre. Entonces ella las levantaba delante de las páginas como si los ocho ojos de las criaturas también estuvieran leyendo los turbulentos romances. Para mi bautismo oscuro, tendría mi propio familiar. La tía Zelda ya había dejado algunos libros genealógicos útiles en algunos lugares de la casa, marcados y resaltados, pero aún no había decidido qué tipo de familiar quería.

De todos modos, me entusiasmaba el asunto. Un familiar sería como otro miembro de la familia, alguien que siempre estaría a mi lado, jamás me dejaría y comprendería todo sobre la magia. Un familiar es el compañero constante de una bruja o un brujo.

Según los términos de su condena, Ambrose tenía prohibido tener un familiar.

Apoyé mi mejilla sobre su hombro.

—¿Qué tipo de pájaro?

—Oh, no lo sé, prima. Solo estoy hablando. Sería feliz con cualquier tipo de familiar. Me falta poco para pintar una carita feliz sobre una roca.

Se encogió de hombros, haciéndome a un lado, y se dirigió hacia un jarrón de barro sobre una mesa lateral. Alzándolo en sus manos hizo la imitación de una voz aguda.

—Hola, Sabrina. Soy el nuevo familiar de Ambrose. ¡Juntos jugaremos con magia poderosa!

Solté una risita.

—Quizás no esté a la altura de las exigencias de la tía Z.

—Bueno, si alguna vez vuelvo a tener un familiar, sin duda la tía Z no será quien lo elija. —Ambrose apoyó el jarrón de nuevo sobre la mesa—. No quiero un animal criado en cautiverio. Sé muy bien cómo es eso. No tendré a ningún prisionero.

Asentí.

—Me parece razonable.

No lo había considerado, pero parecía *muy* razonable. Quizás pronto, muy pronto, cuando me tocara a mí tener un familiar, elegiría también a alguien salvaje. Un familiar que eligiera permanecer conmigo.

Ambrose miraba de nuevo hacia el exterior. Las últimas golondrinas cruzaban zigzagueando el cielo, dibujando trazos oscuros con los arcos delicados de sus alas negras, casi como las líneas de un mapa.

—Tal vez, un pájaro —murmuró.

Solía olvidarme de que, si fuera por Ambrose, no estaría en casa conmigo.

—¿Qué decía tu hechizo?

No advertí la brusquedad de mi pregunta hasta que lo vi entornando los ojos.

—Oh, no de nuevo —dijo—. ¡No voy a hablar de eso! No hablo de nada que me aburra.

—Pero…

Ambrose señaló un dedo y luego giró rápidamente hacia la puerta cuando se oyó un golpe. Abrió la puerta de manera dramática de par en par, todo sin dejar de señalarme.

—¡He dicho que no! No al aburrimiento. ¡Me voy a la funeraria, donde se encuentran todos los charlatanes más apasionantes! «¡La grieta de la taza de té / abre un camino hasta la tierra de los muertos!». Justamente, ahora mismo. —Salió por la puerta arqueada bajo las escaleras. Podría haberlo seguido, salvo que Harvey y, extrañamente, su hermano Tommy, estaban de pie en la entrada. Parecían comprensiblemente extrañados.

—Hola —dijo Tommy.

—¿Estás seguro de que deberías llevar tazas de té a la funeraria? —preguntó Harvey.

La respuesta que recibió fue un portazo de Ambrose. Me dirigí hacia él y le di una palmadita a su brazo. *Mi hombre, haciendo preguntas reales.*

—Jaja —dije—. Ignóralo, Harvey. Hola, Tommy. ¡Qué milagro verte dos veces en una misma semana!

Tommy encogió los hombros despreocupadamente.

—En los próximos días, tengo los turnos de la mañana, así que imaginé que podía llevaros a ti y a Harvey al instituto.

—Trabajas demasiado. Deberías cuidarte más —dijo Harvey. Su frente se arrugó un instante, y luego se aclaró—. Y tú deberías seguir así, perfecta.

Me puse de puntillas y le di un beso rápido.

—Lo intentaré.

Nos subimos a la camioneta roja de Tommy y nos dirigimos al instituto Baxter.

—Qué raro es tu primo —señaló Tommy.

Me tensé. Primero, la cartera; luego eso.

—¿A qué te refieres?

Tommy sonaba desconcertado.

—Me refiero a la broma que ha hecho. Sobre los muertos siendo charlatanes apasionantes...

Mi tensión se disipó.

—Oh.

Como dije, raro.

—Sí —masculló—. Es muy excéntrico. Y, por cierto, lo que dijo sobre la taza y la tierra de los muertos era una cita textual, no las divagaciones de un demente. Proviene de un poema de W. H. Auden.

Tommy alzó las cejas mirando a Harvey en el espejo lateral.

—Qué chica tan inteligente te has conseguido. Tiene una familia que se cita versos entre sí. No la dejes ir.

—Ese es mi plan —dijo Harvey, rodeándome con el brazo.

Yo tenía el mío alrededor de su cintura. Tampoco quería soltarlo.

Una vez en el instituto, Tommy se había inclinado fuera de la ventana para despedirse de su hermano con un abrazo. Ambos se habían quedado aferrados unos instantes, demostrándose afecto como lo más natural del mundo, realmente seguros el uno del otro. Una familia de verdad.

—Cuídate allí abajo —dijo Harvey.

Tommy me guiñó el ojo por encima del hombro de su hermano.

—Cuídalo, Sabrina.

Harvey volvió a deslizar su brazo alrededor de mí mientras subíamos las escaleras y entrábamos en el pasillo. El cristal de las ventanas coloreaba la luz que se filtraba de un tono ligeramente verde, como si estuviéramos debajo del agua. La señorita Wardwell pasó junto a nosotros a toda velocidad dirigiéndome una pequeña sonrisa, pero no se detuvo para hablar.

Había una línea entre las cejas de Harvey.

—Odio pensar que está allí abajo. Odio esas estúpidas minas.

—Lo siento.

Harvey me miró cuando lo dije, y la línea entre sus cejas se suavizó.

—Eres preciosa. Como una estrella que me resulta imposible de creer que es mía.

Susie se acercó y le dio un cabezazo en el hombro.

—Tranqui, Romeo.

Él la miró parpadeando, extrañado.

—Pero nada es más importante que el amor verdadero.

—Claro que sí —dijo Roz, mientras se colocaba a mi lado—. Piensa en tus notas.

—Dejad de ser tan duras con Harvey —rogué cuando estábamos en el baño de mujeres, lavándome las manos—. No se está comportando de una forma rara.

—¡Claro que sí! —me gritaron las dos desde sus respectivos cubículos—. Está siendo MUY raro.

Me froté las manos con renovado vigor. El jabón rosado pálido de los dosificadores se volvía de un color desagradable, como espuma moteada de sangre. Las manos siempre podían estar aún más limpias.

—Vosotras no lo entendéis —dije en voz baja.

Roz salió y se acercó a mí, inclinando la cabeza ante su reflejo. Había algo raro en la forma en que se miraba. Entrecerraba los ojos demasiado.

—¿Qué no entendemos?

—No es nada, descuida —le dije—. ¿Cómo está tu cabeza?

Roz se volvió hacia mí. Durante un momento, su mirada parecía desenfocada, como si no entendiera a qué me refería.

—Te dolía la cabeza —le recordé.

—No era nada —dijo—. Ya se me pasó.

No podía decir: *Soy mitad bruja y en mi próximo cumpleaños, en poco más de un mes, pasaré por mi bautismo oscuro y me convertiré en una bruja plena. Mi familia quiere que lo haga, y yo quiero hacer magia, pero estoy casi segura de que mi familia espera que deje toda mi vida mortal sepultada, incluyendo a vosotras. Estoy aferrándome todo lo que puedo a Harvey y a vosotras, pero no sé bien qué hacer. Y eso es nuevo para mí. Estoy acostumbrada a estar segura.*

Susie salió de su propio cubículo y se lavó las manos mientras evitaba deliberadamente mirar su reflejo. Las miré a las dos, desesperanzada.

Ninguna lo comprendería. No podía contárselos a ellas, y no podía hablarles a mis tías o a Ambrose acerca de Harvey, no en serio. No había nadie en el mundo con quien pudiera hablar de todo.

Deseé que mis padres estuvieran allí. Después recordé al espíritu del pozo de los deseos.

—En realidad —dije cuando Harvey me acompañaba a casa por el sendero que cruzaba el bosque—, puedes dejarme aquí. Estaba pensando que me gustaría dar un paseo por el bosque. Bueno, ¡adiós!

Lo saludé despreocupadamente y empecé a caminar con paso resuelto a través de los árboles. Segundos después lo oí avanzando con estrépito hacia mí. No había manera, exceptuando la magia, de poder dejarlo atrás. Tenía las piernas cortas como el resto de mi cuerpo.

Cuando me alcanzó, estaba sonriendo.

—¡Iré contigo!

—Te aburrirás —le dije desesperada—. Voy a recoger… eh… flores. Y presionarlas dentro de las páginas de un libro para conseguir un montón de flores secas.

—Flores para la rosa del mundo. —Sonrió—. Me gustaría dibujarte recogiendo flores. Nada de lo que haces podría ser aburrido.

Hice un gesto de impaciencia.

—Escucha, nadie es fascinante el cien por cien del tiempo. La gente duerme, va al baño. Nadie es fascinante en el baño.

Parecía desconcertado.

—Pues… yo estoy seguro de que tú…

—En realidad, ¡dejemos de hablar de esto! —le dije rápidamente—. Me gustaría que siguiéramos juntos y no quedáramos traumados psicológicamente de por vida. De acuerdo, vamos.

Caminamos con las manos enlazadas a través del bosque, bajo las motas blancas, dibujadas por la luz del sol y la sombra de las hojas. Hasta que distinguí lo que buscaba: el diminuto destello color escarlata de una mariquita enroscada en una hoja verde. Me acerqué a la hoja y la moví hasta que el insecto cayó fuera, y luego lo sostuve en la punta de mi dedo.

—*Mariquita, mariquita* —recité en voz baja porque Harvey estaba observando—, *vuela a casa.*

—Oh, guau, Sabrina, lo siento mucho —exclamó él—. Acabo de recordar que debo volver a casa.

Sonreí y lo besé.

—¿En serio?

Harvey ahuecó mi rostro en sus manos.

—El bosque se ha transformado porque estás hecha de hielo y oro —me informó con seriedad.

—Eh… gracias. Gracias por eso —le dije—. Adiós.

Habiendo resuelto ese asunto, me dirigí hacia mi destino, pasando las sombras del bosque hasta la línea cristalina del arroyo, pero no conseguí llegar al claro ni al arroyo. Apenas había dado un par de pasos antes de escuchar el sonido familiar. Como el susurro de hojas que caen, solo que más fuerte.

Cayeron del cielo como si tres manzanas malvadas y relucientes cayeran de los árboles, pero no me engañaban: las brujas venían del cielo, no de los árboles. Sus tres sombras cayeron sobre mí, deslizándose, largas y oscuras.

Prudence, Agatha y Dorcas. El cabello negro de Agatha se sacudía con el viento como una bandera hecha de oscuridad, y el pelo rojo de Dorcas se mezcló con el suyo como una bandera en llamas. Parecían poderosas y extravagantes, brujas de los pies a la cabeza, pero era Prudence la que era realmente peligrosa.

Su pelo estaba decolorado hasta lograr un tono rubio platino que contrastaba con su inmaculada tez morena. Sus labios se curvaban en un gesto de desdén, su expresión por defecto, o por lo menos su expresión por defecto cuando estaba conmigo.

—El bosque se ha transformado por no-puedo-creer-lo-que-he-escuchado y el oro. —Prudence inclinó la cabeza hacia atrás y soltó una carcajada—. Oh, Sabrina, Sabrina, ¿qué has hecho?

Agatha y Dorcas se hicieron eco de las carcajadas de Prudence, como se hacían eco de la mayoría de las cosas que hacía. Sus cabezas negra y roja se inclinaron hasta tocarse, igualadas y juntas. No eran realmente hermanas, pero siempre se hacían llamar así.

Incluso ellas podían estar seguras de sí mismas. Y eran las peores personas que conocía.

—Oooh, Henry, ¡dime otra vez que soy la rosa del mundo! —cacareó Agatha.

—Su nombre no es…

—¡Nada de lo que haces podría ser aburrido! —continuó Dorcas—. Salvo que, de verdad, *todo* lo que los tortolitos mortales hacéis es aburrido.

Tenían sus dedos entrelazados, como niñas que se dirigían saltando al recreo. Vestían ropa con el mismo corte: faldas cortas con cuellos altos de encaje, un uniforme para brujas. O hermanas.

Prudence soltó los dedos y caminó hacia un árbol, deslizando el brazo alrededor del tronco y acariciando la corteza. Por un instante pareció la dríada más desagradable del mundo. Cuando me dirigió la mirada, sus ojos oscuros eran aún más penetrantes que lo habitual.

—Sabéis —dijo, con aire pensativo—, tengo mucha experiencia con jóvenes adolescentes. Y realmente no es habitual que hablen así. Me refiero a que son formas de vida primitivas, apenas pueden emitir un gruñido. Hasta es difícil entender frases sencillas como «Bonito cuerpo» y «Quedemos alguna vez para tomar un batido». Creo que nuestra pequeña Sabrina le ha lanzado un hechizo.

—Y ahora es suyo —finalizó Dorcas con voz ronca.

Intenté pasar por su lado, pero las tres jóvenes unieron los dedos de nuevo y bloquearon mi camino.

—¡Oh, no te juzgamos, Sabrina! El camino al infierno está empedrado con hombres rotos —dijo Prudence—. Así que, en realidad, que tengas un viaje divertido y un destino divertido. Sin embargo, pensé que los mortales eran preciosos para ti. Casi como personas reales, ¿verdad?

—Siempre te das aires de grandeza creyéndote superior a nosotros, diciendo que *hechizamos a chicos mortales y los conducimos a su perdición* —dijo Agatha con voz cantarina—. Pero al final, eres igual a nosotras.

Dorcas se echó su larga cabellera por encima del hombro como un látigo color rojo.

—*Desearía* ser como nosotras.

Prudence se acercó caminando hacia donde estaba quieta, fagocitando con dos zancadas el espacio entre nosotras con sus largas piernas. Se inclinó para acercar su rostro al mío y luego me clavó en el hombro una uña negra, larga y brillante, hasta que retrocedí un paso.

—Pero nunca lo será —dijo Prudence en voz baja.

La primera vez que las Hermanas Extrañas se acercaron a mí en el bosque hace unos años, estaba muy nerviosa. No conocía a ninguna bruja salvo a mis tías y a mi primo, no realmente. Parecía ideal conocer a tres chicas, el mismo número que mis tres amigas mortales en el instituto, como si pudiera replicar la experiencia de mi vida mortal con ellas. Quería que fueran mis amigas, que me contaran todo acerca de la magia y cómo era exactamente la Academia de las Artes Ocultas. Resultó gracioso después, pero quería que me cayeran bien.

Excepto que ellas me odiaban. Me buscaron para atormentarme, siempre declarando que el hecho de ser mitad bruja nunca sería suficiente. No querían que asistiera a la Academia de las Artes Ocultas, y yo no estaba segura de querer asistir a una escuela con personas como ellas.

Dejé de echarme hacia atrás y miré furiosa a Prudence.

—No me parezco en nada a vosotras, y jamás condenaré a nadie.

—Entonces, ¿por qué lo has hecho si no fue para doblegar su mente y su corazón y amoldarlo a tus deseos? —Prudence parecía confundida—. Tu comportamiento es insensato.

Por lo general, no me permitía mostrar ninguna debilidad delante de las Hermanas Extrañas, pero esa vez cometí un error crucial. Aparté la mirada y la dirigí al suelo del bosque, y la carcajada de Prudence atravesó las hojas con un estremecimiento.

—¿Empleaste un hechizo de amor con un mortal porque quieres que te quiera mucho, mucho, mucho? ¿Incluso que se comprometa contigo? ¿Qué hará, darte un anillo de compromiso cuando te largues a la Academia de las Artes Ocultas? —Prudence se rio—. Qué patético.

—No ha sido un *hechizo de amor*…

—¿Nos sentimos un poco inseguras respecto a nuestro bautismo oscuro, media bruja? ¿Dudas de si puedes ocupar tu lugar entre las brujas y abandonar a los mortales? Cuéntame tus problemas —pidió Prudence—. Me encantan las historias que me hacen reír.

Las palabras cayeron de su boca burlona, tan amargas como manzanas envenenadas. Incluso más amargas porque eran ciertas.

—Si lo quieres tanto, quédate en el mundo mortal —dijo Dorcas con maldad—. Sería mejor si lo hicieras. Todo el mundo sabe que no estás hecha para ser una bruja.

—Sí, Sabrina —gorjeó Agatha—. Creo realmente que pasar por tu bautismo oscuro y venir a nuestro instituto sería un error.

—Sois vosotras quienes cometéis un error —repliqué—. Fuera de mi camino.

Me lancé a través de la barrera de sus cuerpos, separando las manos enlazadas de Dorcas y Agatha. Claramente, eran el eslabón débil, y avancé a través de los árboles a toda velocidad, dejándolas atrás antes de que pudieran arrojarme un solo hechizo.

—No soportas estar alejada de un chico mortal —gritó Prudence detrás de mí, como un juez que dicta una sentencia—. Ten cuidado, Sabrina. Si estás desesperada por el amor *y* por la magia, te quedarás sin ninguno de los dos. Estarás perdida.

No tenía una respuesta para ella. Corrí a través del bosque.

No sabía por qué Prudence me acosaba continuamente. No sabía por qué era como era. No sabía por qué siempre me había odiado tanto.

LO QUE SUCEDE
EN LA OSCURIDAD

L as brujas soñaban igual que los mortales.

Prudence, Agatha y Dorcas se conocían desde que eran niñas. No ingresaron a la Academia después de sus bautismos oscuros; siempre habían estado allí, tres niñas pequeñísimas que caminaban tomadas de la mano recorriendo los pasillos, que vivían con la imponente estatua, entre los muros de piedra del edificio que parecía más una cripta que una escuela. El rigor de la Academia moldeó a las Hermanas Extrañas, y no esperaban que la vida fuera otra cosa que dura.

Era culpa de Sabrina y de su propia insensatez que Prudence la odiara. No era su problema. Ella tenía sus propias dificultades con las que debía tratar.

La vida de las brujas era peligrosa, y no eran infrecuentes los huérfanos. Su Sumo Sacerdote les había dado refugio y las cuidaba. Tenían suerte, les decía el padre Blackwood, especialmente dado que las brujas no eran precisamente raras. No como los brujos. Los chicos quizás encontrasen un hogar, pero las huérfanas jamás lo harían.

Se llamaban a sí mismas las Hermanas Extrañas, y cuando los demás empezaron a llamarlas así, fue como un triunfo. Todo el mundo le dijo a Prudence que no tenía familia, pero ahora, por propia voluntad, tenía hermanas.

Y las hermanas compartían lo que fuera.

—No puedo daros a las tres mi anillo con iniciales, o la chaqueta de la clase, o lo que sea que los mortales hagan —le dijo el novio brujo de las Hermanas Extrañas, Nick Scratch, a Prudence el domingo en el bosque, el día para cometer pecados sin descanso, y ella advirtió, ofendida y con asombro, que estaba rompiendo con ella.

Con todas, a través de ella, lo cual era pura indolencia.

Cuando se lo dijo, Nick le dirigió la sonrisa falsa y radiante que las había atraído en un principio.

—Las manos trabajadoras hacen el trabajo del demonio —dijo—. Así que tengo que mantenerme supertrabajador, al servicio del Señor Oscuro.

Prudence puso los ojos en blanco. Era asombroso el esfuerzo que hacían los hombres para no tener que hacer un esfuerzo. Pero Dorcas y Agatha estarían desilusionadas. Realmente, Nick les gustaba. Había sido un cambio después de atormentar a los chicos mortales. Pero en serio, ¿quién necesitaba dejar de atormentar a los chicos mortales? Era genial.

Se encogió de hombros.

—Por supuesto, ninguna de nosotras quiere que hagas ridiculeces mortales con chaquetas y anillos. ¿Por qué lo dices?

Nick también se encogió de hombros. Prudence siempre había pensado que esa era una de sus mayores virtudes. Era uno de los pocos brujos que había conocido que podía fingir ser magníficamente indiferente igual que ella. A veces, cuando estaban juntos, eran tan convincentes simulando ser otros que parecían casi reales.

Quizás también le gustara Nick un poco.

—¿Es porque creamos esas ilusiones tan atractivas el otro día? —preguntó de manera corrosiva—. ¿Acaso fue demasiado como para que pudieras con ello?

—Nada es demasiado atractivo para mí. De todos modos, no es lo que más me gusta de lo que hacéis vosotras —admitió—.

Las cosas pueden ser reales y mágicas. Pero no es eso únicamente.

—Entonces, ¿qué?

—No lo sé —dijo Nick, con la voz suave, y si se iba a comportar de manera suave, a Prudence ya no le servía—. ¿No tienes la sensación a veces de que debe haber algo más?

—¿Más que la belleza eterna, poder invencible y una vida bien vivida en el ardiente regazo de Satán? —preguntó Prudence con desdén—. La verdad es que no.

Fuera cual fuera la intención de Nick, era evidente que no creía que pudiera encontrar ese algo más en *ella*.

—¿Has conocido a alguien? —preguntó Prudence—. ¿Has conocido a *algunas*?

Nick sonrió de una manera que no le resultaba familiar y que no le gustó. Ver a Nick Scratch con la mirada soñadora le provocó un ligero malestar.

—Casi.

—¿A qué te refieres?

—Tal vez esté esperando —dijo Nick— para encontrar la clave de todos los secretos en el universo.

Prudence rio con desprecio. Entonces las había dejado, eso seguro. Se lo contaría a sus hermanas más tarde, y las alegraría del único modo que sabía: haciendo daño a otra persona.

Quizás podía ir a buscar a esa mitad bruja.

Sabrina le provocaba un escozor de mil demonios. Toda la Academia hablaba de ella: la hija mitad mortal del antiguo y difunto Sumo Sacerdote. Si Edward Spellman se hubiera casado con una de su propia especie, su hijo o hija podría haber sido Sumo Sacerdote después que él. Tal como había terminado todo, la chica era una decepción. Cuando pensaban en ella, las personas sacudían la cabeza de manera compasiva, más de la que habían tenido alguna vez por Prudence y sus hermanas. Era agradable tener a alguien inferior en la escala social, pero a diferencia de los estúpidos mortales que lo ignoraban sin darse cuenta, Sabrina era lo bastante consciente como para darse cuenta de lo bajo que se encontraba. Las Hermanas Fatídicas siempre esperaban un momento en su día para hacerle saber lo inferior que era.

La primera vez que Prudence la vio, Sabrina caminaba de la mano de su tía Hilda. El aquelarre cuchicheaba sobre Hilda Spellman: todo el mundo estaba de acuerdo con que era demasiado blanda, y su compromiso con el Señor Oscuro era incierto en el mejor de los casos. Había sido demasiado permisiva con aquel sobrino que había criado, y por eso había salido mal. Hilda tenía los ojos azules como el cielo, sencillamente horrible.

Sin duda, la mujer también sería demasiado permisiva con la chica que era mitad mortal. Parecían demasiado blandas: Sabrina, en un impermeable amarillo y una bufanda tejida, pateando en el aire hojas rojas y doradas, y su tía, pendiente de ella, ajustándole la bufanda.

Prudence apoyó la fría mejilla contra la fría corteza de un árbol y cerró los ojos para no tener que ver más.

Después de que Nick rompiera con ellas, Prudence buscó a Sabrina, pero no la encontró hasta que la vio doblando el recodo del camino para entrar en el terreno de los Spellman, pasando delante del letrero de la funeraria y del árbol que extendía sus ramas sobre el pequeño conjunto de lápidas frente a la casa.

Prudence no le tenía miedo a nada, pero no era tan tonta como para cruzarse con Zelda Spellman en su propio terreno. Nadie decía que Zelda fuera demasiado blanda.

Regresaría por Sabrina en otro momento, con sus hermanas. Estaba a punto de girarse cuando vio una cortina moviéndose en una ventana pequeña, situada en el piso superior de aquella casa de tejados inclinados y numerosas ventanas. Había un chico de pie en la ventana, viendo la llegada de Sabrina.

Prudence se comía a los chicos como bocadillos y le quedaba lugar después para manzanas del conocimiento, pero ese chico era una cena de cinco platos con pastel de chocolate como postre. *Bien hecho, Sabrina*, pensó, sorprendida un instante. Se preguntó qué hacía Sabrina perdiendo el tiempo con un humano patético cuando tenía eso en casa. Luego advirtió que ese debía ser el primo díscolo.

Cuando el primo vio a Sabrina, cambió de expresión. Antes había parecido un poco triste.

Hizo que Prudence de pronto se preguntara cómo sería tener a alguien que te esperase. Que te recibiera con una sonrisa así, amplia como un océano y radiante como el sol, solo por acercarte por el sendero.

Sabrina debía estar acostumbrada a ello.

Prudence avanzó a través de los árboles, acercándose aún más para poder ver mejor.

El primo le abrió la puerta a Sabrina con aire despreocupado mientras ella subía las escaleras del porche, aunque debió desplazarse a toda velocidad para llegar de la ventana a la puerta en ese tiempo. Se colgó la estúpida mochila de Sabrina al hombro, ella tiró del pequeño pañuelo de terciopelo que llevaba alrededor del cuello, y la puerta de los Spellman se cerró tras ellos.

La cocina estaba en la parte posterior de la casa, una sala acogedora con un papel de pared estampado con calaveras y plantas medicinales colgantes. Al acercarse, atravesando con cuidado las ramas y hojas esparcidas sobre el suelo, Prudence alcanzó a ver alacenas de color verde azulado. La tía con esa ridícula mirada afectuosa se ocupaba de algo que burbujeaba sobre la cocina negra de hierro. Cuando el primo y Sabrina entraron vertiginosamente, sonrió amplio como si la sorpresa la llenara de gozo. A Prudence le dieron ganas de gritar. El primo estaba literalmente hechizado para no abandonar la casa. Sabrina había vivido allí toda su vida. No podía ser una sorpresa verlos.

Sabrina chasqueó los dedos, y empezó a sonar una tenue música. Ella y su primo zigzaguearon alrededor de las sillas de la cocina, medio bailando y medio jugando a que peleaban, agachándose bajo los fardos de hierbas secas, mientras la tía arrojaba las manos hacia arriba fingiendo desazón y riéndose de sus payasadas.

¿Es que no sabes que solo soy humana?, cantaba Sabrina, como si fuera una broma entre ellos, en lugar de la repugnante verdad de la que debía estar avergonzada.

Seguía con el pañuelo del chico en la mano, y el primo agachó la cabeza para que ella pudiera volver a enlazar el trozo de terciopelo alrededor de su cuello. Lo condujo tirando de la correa y bailando hacia atrás mientras le cantaba la siguiente línea de la canción, algo sobre estar allí para ella, mientras Sabrina le sacudía el dedo, con una picardía y una juventud que Prudence jamás había tenido. Después el primo se apoderó de la cintura de su tía, y de pronto los tres estaban bailando en una ridícula fila de conga alrededor de la mesa de la cocina.

Algo más, decía la voz de Nick en su mente, anhelante, como si hubiera sentido instintivamente una carencia que ella no había percibido. No hasta que vio lo que estaba perdiéndose.

Prudence giró la cabeza abruptamente, asqueada de todos ellos, y se alejó corriendo a través del bosque.

Ella había sido forjada por fuego y castigada por incontables golpes. La habían transformado en algo más duro que la piedra. Ella era la oscura gema alojada en la corona de huesos del aquelarre de la Iglesia de la Noche. No había nada que Sabrina Spellman tuviera que Prudence le envidiara.

Regresó a la Academia y cantó en el Coro Infernal. Siempre había sido la mejor voz, y siempre estaba pensando que Lady Blackwood quedaría impresionada con ella. La esposa del Sumo Sacerdote vería que tenía un potencial asombroso, y la invitaría a una cena privada especial con ella y el padre Blackwood.

Pero nunca sucedía.

Todos los días Lady Blackwood la fulminaba con la mirada, y parecía odiarla aún más. Prudence pasaba las horas conspirando para obtener lo que deseaba. Quería sentarse sobre un trono de calaveras, venerada por todo el aquelarre, oscura y gloriosa como la medianoche. Quería lo que cualquier bruja querría, pero lo quería aún más.

A veces, al dormirse entre los fríos muros de la Academia, en el círculo de camas dentro de la residencia, Prudence se permitía admitir ciertas cosas que no hubiera admitido despierta.

Si solo hubiera tenido un deseo, en esos momentos pensaba que hubiera sido que el padre Blackwood fuera su padre verdadero, y que las Hermanas Fatídicas fueran sus hermanas verdaderas.

Aquella noche se permitió soñar con cómo sería tener lo que tenía Sabrina, aunque fuera solo por un día.

Subiría corriendo las escaleras de la casa de los Spellman, y aquel chico guapo estaría esperando para abrirle la puerta a ella, con aquella sonrisa. La mujer de cara dulce estaría cocinando en la estufa, preparando la comida que más le gustaba. Cuando cayera la noche, se acurrucaría bajo las mantas suaves en aquella cama elegante de hierro forjado, en su propia habitación, y estaría abrigada.

Estaría en casa.

OH, MÍRATE EN EL ESPEJO

L os árboles parecieron apartarse al correr hacia el claro: las ramas y las espinas, inclinándose hacia atrás para dejarme pasar, y el césped verde bajo mis pies se desplegó como una alfombra para recibirme.

Me interné ruidosamente entre los árboles y llegué al claro y al silencio.

El espíritu del pozo de los deseos estaba recostado sobre la orilla del arroyo, con la falda extendida sobre el césped. La hierba ni siquiera se doblaba bajo su peso. Su falda parecía estar hecha del mismo material que su piel, un líquido mágico apenas más sólido y opaco que el agua, que relucía como lágrimas.

Me detuve en seco.

—No estás dentro de tu pozo —le dije, perpleja.

—Estaba esperándote —respondió el espíritu del pozo con su voz cristalina y sonora—. Esperaba que vinieras.

Me hizo un gesto trémulo para que me acercara, y sentí el mismo deseo que en el laberinto de espejos. Fui a sentarme junto a ella. Su sonrisa era tan brillante como la luna, si la luna hubiera elegido brillar solo para mí.

—Me alegra mucho que estés aquí —dijo el espíritu—. Pero pareces triste. ¿Por qué?

Vacilé. Extendió el brazo y tomó mi mano en la suya. Tenía la piel fría, pero también lo era la luz de la luna, y esta había sido hecha para las brujas.

Su voz fluyó sobre mí como un río se deslizaba sobre un guijarro en el fondo del lecho, movido por sus corrientes.

—Cuéntame.

Entonces lo saqué todo fuera: el hechizo que Ambrose y yo habíamos lanzado, el deseo de ser una bruja sin tener que abandonar la vida de mortal que tanto quería, el hecho de que mis tías consideraran que aquello no sería posible, la opinión de las Hermanas Extrañas respecto de que yo no tenía lo que hacía falta para ser una de ellas. También, acerca de Harvey y de mis padres: ellos habían encontrado un camino, y yo quería lo mismo, y no veía cómo.

Cuando terminé de contarle todos mis secretos, alcé la vista hacia su rostro. Había leído la frase «sus ojos eran como lagos», pero los ojos de esta mujer eran, literalmente, lagos: lagos de cristal, con la imagen de mi propio dolor apresada en ellos.

—Oh, querida mía—susurró el espíritu del pozo—, lo siento mucho. Desde el primer momento en que te vi, supe que tenías un gran potencial para el poder, pero ahora veo que también tienes un gran corazón. Por supuesto que no te entienden.

—¿Quiénes?

—Esas jóvenes brujas, que no merecen serlo —siseó el espíritu. Su voz sonaba como un río embalsado que estalla fuera, lo bastante enfadada como para ser casi amenazante—. Tus amigos mortales, tu familia, este primo Ambrose que tienes, con su corazón frío y caprichoso. Especialmente, Ambrose. Si ese hechizo sale mal, fue el hechizo de tu primo, no el tuyo. Su culpa, no la tuya. Ninguno puede comprenderte, porque ninguno siente como tú.

—Porque soy mitad bruja y mitad mortal —susurré.

—Es más que eso —dijo el espíritu del pozo de los deseos—. Tú eres más que eso. Tienes una calidad muy superior a la de ellos. Eres especial. Eres mejor en todo sentido.

Recordé cuando me dijo que me había visto llevando una corona. Como si me hubiera visto de algún modo diferente a lo que era ahora, como si hubiera visto a la persona que yo quería que vieran los demás.

Me pasé la lengua por los labios resecos.

—¿A qué te referías cuando dijiste que he nacido para ser una bruja legendaria? —cuestioné.

El espíritu esbozó una sonrisa reluciente y murmuró una sola palabra:

—Mira.

Señaló hacia el arroyo junto al cual estaba tendida, y unas gotitas cayeron de las puntas de sus dedos como si pudiera invocar un pequeñísimo chaparrón. Las gotas cayeron dentro de las aguas límpidas y las convirtieron en plata: detuvieron el rápido curso del río y lo transformaron en una superficie lisa. Me incliné encima y descubrí que el río se había convertido en mi espejo.

Solo que, como en el laberinto de espejos, de alguna forma, mi reflejo estaba transformado.

Dentro de las aguas vidriosas había una chica tan bonita como el amanecer, pero de alguna forma supe que era yo. Era alta como yo no lo sería jamás, con el glamur de mi tía Zelda y la dulce simpatía de mi tía Hilda, y la belleza de princesa de cuento de hadas de la fotografía de mi madre. Aquella chica caminaba con la cabeza erguida, orgullosamente alta, a través de los pasillos del instituto Baxter, con las manos animadas con un pálido fuego. Todo el mundo sabía que era una bruja, pero solo la admiraban aún más por ello. Era tan fuerte que nadie se atrevía a tocar a sus amigos.

—¿Cómo…? —pregunté, conmovida.

La superficie del lago se rizó como respuesta. De pronto, todo un mundo brotó alrededor de la belleza que era yo. Pude ver a mis amigos junto a ella: Roz, con los ojos claros y brillando de admiración; Susie, caminando con confianza plena de que estaba a salvo conmigo, y Harvey, tomando mi mano y moviendo los labios mientras caminábamos, realizando los mismos movimientos con la boca, una y otra vez. No alcancé a escucharlo, pero supe que estaba diciendo, *Te quiero*, y era real, y era lo que debía ser, y era perfecto.

—¿Ves? —preguntó el espíritu del agua con entusiasmo—. ¿Ves lo que puedes ser?

—Veo… —dije, con la voz entrecortada.

—¿Te muestro más?

Las aguas se volvieron a rizar, y el entorno de la belleza mágica cambió. Me vi caminando a casa sobre el sendero que atravesaba los árboles, y a las Hermanas Extrañas volando hacia mí, con Prudence a la cabeza: sus rostros se iluminaban dándole la bienvenida a su hermana. Y luego hacíamos magia juntas en el bosque, y se sorprendían de la magia que yo podía hacer. Podía convertir al sol en luna a la hora del mediodía.

—¿No quieres ser tan hermosa como la mañana? —preguntó el espíritu.

—Sí —susurré—, pero…

—¿No quieres ser reina entre las brujas?

—Sí —susurré—, pero…

—Sé lo bastante valiente como para desearlo —dijo el espíritu—. Si lo eres, podrás cumplir el deseo de tu corazón.

Aquella belleza imponente, mágica y maravillosamente poderosa giró su radiante cabeza color rubio platino hacia el sendero como si alguien la llamara. Se puso en pie de un salto y corrió nuevamente por la senda a través del bosque. Avanzaba a toda velocidad, como si volara y nadie en el mundo pudiera alcanzarla, excepto que se dejara alcanzar. Sobre el camino curvo estaba mi primo, no solo con unos vaqueros y una camisa, sino con chaqueta y botas. Estaba libre, pero regresaba a casa, porque su hogar estaba conmigo. Jamás me había importado la belleza demasiado, pero esto, ser mágica y querida a la vez, era todo lo que deseaba. Ambrose tiró de mí para abrazarme con fuerza, y supe también lo que decía: *Te quiero, prima*. Caminamos juntos, y supe lo que nos aguardaba al doblar el recodo conocido del camino: mi hogar, con mis tías, pero no solo mis tías.

Mi madre y mi padre me esperaban: tan deseosos de verme como yo a ellos. Todos me querían. Me querían tanto porque yo era preciosa, porque yo reunía todo lo que había de amable en el mundo, y eso significaba que podía conservar todo lo que me importaba.

La chica en el espejo era todo aquello que yo jamás podría ser, y tenía todo aquello que yo jamás podría tener, pero de alguna forma ella era *yo*.

—Así te veo, y veo la verdad de lo que podrías ser. Podrías tener todo esto —murmuró el espíritu— si hicieras el hechizo con las aguas.

Un hechizo que solo puedes hacer con las aguas del pozo de los deseos para liberar tu verdadero potencial. Solo algunas brujas pueden hacerlo. Las que tienen el potencial de alcanzar la grandeza.

Me alejé de ella tan solo un poco, dejando que su mano fría se apartara, deslizándose de la mía.

—¿Por qué me estás diciendo todo esto?

—No es que yo te eligiera a ti —indicó el espíritu—. Fue el Destino quien te eligió. Yo solo sirvo al Destino. Y a ti. Solo soy un humilde espíritu, pero anhelo llegar lejos, y realizar grandes hazañas. Aquellas jóvenes brujas que te odian matarían por conseguir el poder que te estoy ofreciendo, derramarían océanos de sangre por una gota de mis aguas mágicas, pero jamás lo permitiría. Jamás podrían ser dignas de ello. Solo tú lo eres.

Alzó la mano que yo había soltado para tocar mi pelo. Vi el mechón de mi cabello que sostenía aquella mano resplandeciente: era de un color rubio común, pero atrapado entre sus dedos el mechón adquirió el lustre de su piel. Recordé el pelo rubio platino de la chica que era yo, embellecida como el amanecer.

El espíritu mostró una sonrisa deslumbrante.

—Creo que debes ser única, Sabrina Spellman. Jamás he dejado que otra bruja use las aguas de mi pozo o arroyo, pero a ti te dejaría. Sería un honor para mí ser parte de tu leyenda.

—Guau —dije.

—Haz tu deseo —me animó—. Solo desea lo que quieres, y tu deseo se hará realidad. Hunde tu mano en mis aguas hasta la muñeca, y pronuncia las palabras, y obtén lo que desea tu corazón.

Extendí la mano y la metí en el agua hasta un poco por encima de la muñeca. El río estaba tan frío como lo había estado su mano, frío como la luz de luna que brillaba sobre otro claro dentro de este bosque, donde yo había nacido y donde pertenecía.

—*Espejo, espejo* —susurró el espíritu, como una súplica, como un ruego—, *hazme más bonita, mi rostro y mi corazón*.

—*Espejo, espejo* —susurré a mi vez—, *hazme más bonita, mi rostro y mi corazón*.

¿Quién no quería ser mejor, por dentro y por fuera? El rostro y el corazón, y el mundo. El mundo entero debía ser más bonito, debía dejar de amenazar con arrancarme las cosas que yo quería. Si yo tenía el poder, podía cambiarlo todo.

Era como si pudiera sentir que ya todo empezaba a cambiar. Había un resplandor delante de mi vista, y un dulce sabor en el fondo de la garganta como si acabara de beber algo delicioso. Podía sentir el hormigueo de los diminutos vellos sobre mi brazo y el alivio del agua que caía envolviendo mi piel.

De pronto, una voz humana se abrió paso a través del sonido de los árboles y el viento, el último aliento fresco del agónico verano. En mitad de toda esa quietud, la voz sonó áspera:

—*¡Sabrina!*

LO QUE SUCEDE
EN LA OSCURIDAD

Mary Wardwell anhelaba creer en la magia.

Siempre le habían encantado las historias, y por un tiempo había querido ser bibliotecaria, pero la idea de ser profesora le atrajo aún más. Había mucho potencial en los niños. Tener tantos ojos encima cuando enseñaba la ponía nerviosa, pero disfrutaba observando las caritas encendidas al aprender. Los niños parecían el inicio de una historia.

Alguna vez ella también había sido joven y con un futuro lleno de promesas. Era la única hija de padres mayores, una niña estudiosa y terriblemente tímida, especialmente con niños de su propia edad. No tenía muchos amigos, pero realizaba largos paseos por el bosque y se decía a sí misma que todo cambiaría cuando fuera mayor. Una vez que acabó el período escolar, se despidió de sus padres con un beso y partió hacia la aventura en la gran ciudad.

Su recuerdo más vívido de la ciudad era estar en un tren que avanzaba traqueteando de noche hacia su pequeño estudio. Se recordaba sobre aquel tren como una joven, sentada en el borde del asiento desgastado de color verde, tan raído que tenía agujeros de color café y remiendos. El tren se había detenido en un túnel durante más de una hora. Impulsados solo por el aburrimiento, los pasajeros dejaron de fingir que no estaban compartiendo un medio de transporte y empezaron a hablar unos con otros. Había un chico y una chica sentados delante de ella, que tenían alrededor de la edad de Mary o apenas un poco mayores. Tenían el pelo pintado de diferentes colores, llevaban piercings y los ojos delineados con trazos oscuros; la miraban con una mezcla de compasión y desprecio. Cuando el tren por fin echó a andar, dijeron que iban camino a una fiesta, y la invitaron a unirse a ellos. La sola idea era tan brillante, tan excitante, que también la atemorizó. Mary dijo que no. Que quizás en otra oportunidad.

Pero aquella otra oportunidad nunca sucedió. Jamás volvió a ver a aquellos desconocidos. Jamás fue a ninguna fiesta.

Ni siquiera duró un año en la ciudad.

Sus padres enfermaron y regresó a casa para ocuparse de ellos. Para cuando murieron, se dio cuenta de que no tenía el valor para volver. A Mary le aterraba cambiar los árboles por rascacielos.

Así que decidió ser profesora en Greendale, y eligió vivir en la casa más pequeña y solitaria. El amor llegó para ella, pero llegó demasiado tarde. Puesto que el amor lejano y una casa pequeña no bastaban para un alma ávida de historias, empezó a coleccionar las historias del pueblo. Los recuerdos se guardaron en libros como flores presionadas dentro de las páginas, para que su color y aroma perduraran, esperando que ella las descubriera. Greendale era el sitio donde había nacido y al que había elegido pertenecer. Aquellas historias eran también sus historias, y si no aprendía de ellas, serían olvidadas.

Una vez Mary había leído en algún lugar que los recuerdos eran los huesos del alma. Así que, de algún modo, creía que unir las piezas de la historia del pueblo equivalía a mantener firmes los cimientos de Greendale. Algunas de las historias eran demasiado inverosímiles como para creerlas, pero Mary Wardwell intentaba creérselas. Alguien debía hacerlo.

Las historias más antiguas del pueblo eran meros jirones, y no alcanzaban para darle forma a relatos enteros, pero Mary las encontraba fascinantes. Había supersticiones preciosas sobre los secretos que acechaban en las minas y las brujas que bailaban en el bosque. Había dos breves relatos sobre una chica valiente llamada Freya que había alimentado a su familia cuando esta había quedado atrapada en el hielo. Había descripciones de cazadores temibles que habían salvado al pueblo. Los tiempos debieron ser difíciles en aquel entonces.

Mary Wardwell se reía cuando leía un antiguo garabato en un viejo libro que decía: «Jamás entres en el bosque cuando oscurece». Lloraba por las historias de las brujas, que sorprendentemente habían sido colgadas en su pueblo igual que en Salem. Le dijo a Susie Putnam una vez que debía estar muy orgullosa de un antepasado heroico, y Susie quedó perpleja, aunque también claramente complacida.

A Mary Wardwell le gustaba pensar que era la que le contaba al pueblo la historia de sí misma. El pasado se transmitía al futuro sobre velas si se entendían las manos para tomar la luz.

Ella era la que custodiaba el pasado, la que custodiaba la fe. Tenía la noción fantasiosa de que mientras conservase los libros y viviese en esta pequeña casa en mitad del bosque salvaje, no podía suceder nada verdaderamente malo en su pueblo.

LA PEQUEÑA CASA EN EL BOSQUE OSCURO

Observé incrédula a mi profesora que emergía de entre la fronda de árboles. El lugar donde estaba era un claro de sombras plateadas, bañado con la magia de la luna. Una persona con un traje de *tweed* y gafas estaba completamente fuera de lugar.

—¡Mi querida Sabrina! Si no tienes cuidado, podrías caerte al río. Entonces tendrías por delante un largo paseo hasta tu casa empapada hasta los huesos. Podrías resfriarte.

Me aparté con aire culpable del borde del río.

—Eh… señorita Wardwell. Hola. ¿Qué hace usted aquí?

Me miró parpadeando detrás de sus gafas gigantes.

—Vivo cerca y recogía flores en el bosque. Tengo una colección considerable de flores secas.

—Oh —dije, asimilando la ironía de la mentira con la que había engañado a Harvey—. No sabía que la gente seguía haciendo ese tipo de cosas.

Me había olvidado de que la señorita Wardwell vivía en aquella casa solitaria en las afueras del pueblo, la única casa situada en el bosque. Qué extraño debía ser para un mortal vivir allí. Me pregunté si alguna vez oía los aullidos de las brujas durante sus celebraciones. Probablemente, imaginaba que eran zorros.

—Estás lejos de casa, Sabrina —señaló—. ¿Has salido a caminar sola? Falta poco para que oscurezca. Y recuerda, ya no es verano.

—Solo… un paseo por la naturaleza —respondí.

La señorita Wardwell vaciló.

—¿Te gustaría venir a mi casa a tomar una taza de té ya que estás tan cerca? Puedes calentarte junto a la chimenea antes de volver a casa.

Parecía tan tímida y tan ilusionada. Habría sido cruel rechazar su invitación. Aunque lo único que quería era regresar al espíritu y a mi hechizo.

—Oh, claro —le dije—. Muchas gracias.

Seguí a la señorita Wardwell, pero antes de marcharme susurré una promesa al viento y al espíritu que sabía que escuchaba bajo el agua:

—Volveré.

La señorita Wardwell vivía en una cabaña diminuta cerca del extremo, de lo más profundo del bosque. Su casa me hizo recordar a la cabaña de pan de jengibre de los cuentos de hadas: una morada donde podría vivir una bruja. Salvo que, en lugar de una bruja que atraía huéspedes a su cabaña, era una bruja extraña la que había sido invitada a esta.

Había una herradura clavada encima de la puerta: un trozo de hierro frío, cuya intención era ahuyentar a las hadas. Cuando entré, vi ese tipo de cosas en todos lados.

Toda la casa era terriblemente pintoresca. Había un reloj con forma de tetera sobre la pared. También, un crucifijo sobre la chimenea, pintado por dentro. La tía Zelda siempre desviaba los ojos al instante cuando le presentaban lo que llamaba «imágenes del falso dios».

Agité el té en mi taza con mi diminuta cuchara de plata.

—Me encanta cómo ha decorado la casa. Gracias por invitarme —dije, algo avergonzada.

—Gracias a ti por venir —respondió—. No tengo muchas visitas. Aunque he encontrado a varios jóvenes paseando junto a ese río cuando oscurece, y los invito a tomar una taza de té. No imagino por qué ese sitio los atrae tanto.

—Supongo que van a pedir deseos al pozo de los deseos.

—¿Es un pozo de los deseos? —preguntó con interés—. Jamás lo había escuchado. Debo tomar nota de ello. Colecciono leyendas del pueblo, ¿sabes? Me considero la historiadora no oficial.

—Oh, claro. —Me rasqué la cabeza, soltando ligeramente mi cinta de pelo y sonreí. La señorita Wardwell y su cabaña me parecían un poco ridículas, aunque dulces.

—Oh, sí —dijo—. No mucha gente advierte que tenemos una larga historia de brujas en Greendale para rivalizar con los relatos de Salem.

Bebí con cuidado un sorbo de té caliente.

—Es la primera vez que oigo una cosa así. Que interesante. Y qué novedoso para mí. Es algo que jamás he escuchado en toda mi vida. Jamás.

Su rostro irradiaba felicidad ante la muestra de interés. Se levantó de repente de su sofá, derramando un poco de té al hacerlo, y fue a tomar de un estante elevado un libro grande con cubiertas de cuero.

—¿Te gustaría escuchar este relato contemporáneo de una bruja? —preguntó—. Dicen que fue escrito por un antepasado de los Putnam.

—¿Los Putnam que son parientes de mi amiga Susie Putnam? —cuestioné, sin entender—. Sí, por supuesto.

—*La joven bruja volvió a acudir a mí ayer* —leyó la señorita Wardwell en voz alta—. *Habla con acertijos, pero dulcemente.*

Dice que será magnánima por la generosidad que demostré hacia los de su clase. Este año parecía que la cosecha sería un fracaso, pero ahora creemos que los cultivos demoraron su crecimiento. Quizás sea solo una casualidad, pero todos los lugares en los que ahora crecen los sembrados son lugares por donde pasó la joven bruja ayer. La veo ahora, Freya, la del largo cabello y la canción de verano, con el borde del vestido extraviado en el césped de color verde. Tiene que haberla creado Dios. El demonio no pudo haber hecho algo tan hermoso.

La señorita Wardwell volvió a meter el libro en el estante y empezó a hablar sobre el hecho de que algunos creían que el relato había sido escrito por un excéntrico o por una persona que había relatado una historia breve, y nadie estaba seguro de qué miembro de la familia Putnam era: si un hombre o una mujer. Otros decían que ni siquiera había sido un Putnam quien había escrito la historia.

La señorita Wardwell no sabía que el relato era real, pero yo sí.

Imaginad a uno de los mortales sabiendo que alguien era un brujo, sospechando que estaba realizando magia ante sus propios ojos, y escribiendo de todas formas sobre ello con semejante afecto. Imaginad a mortales y brujos, capaces de vivir en armonía.

Estaba segura de que eso era lo que pensaba mi madre de mi padre. Estaba segura de que amaba su magia y lo comprendía. Si yo le contara a Harvey la verdad, ¿sentiría lo mismo respecto de mí? Ojalá lo supiera.

Los cazadores de brujas vinieron a por las brujas de Greendale. Mis tías siempre decían que jamás le podría contar la verdad a un mortal, y jamás lo había hecho. Pero deseaba hacerlo.

—Perdóname, Sabrina —se disculpó la señorita Wardwell, y tomó asiento de nuevo—. Me dejo llevar cuando hablo de mis aficiones. ¿Qué deseo hiciste cuando fuiste al pozo? Siempre pareces muy alegre en el instituto. No me hubiera imaginado jamás que tenías algún deseo que pedir.

Pensé en las visiones que me había mostrado el espíritu del pozo de los deseos. Imaginé ser una bruja importante, tan poderosa que podía hacer que la luna brillara al mediodía, y obtener todo el amor y la magia que deseara.

—Hay muchos deseos que quiero pedir. Hay un chico...

—Harvey Kinkle —aportó la señorita Wardwell—. Es un chico dulce. Claro, no debería realizar tantos dibujos en clase.

—Harvey —confirmé—. Y mis amigos. Y mi familia. Quisiera saber cómo se sentirían si supieran todo lo que hay que saber acerca de mí. En poco tiempo debo tomar una decisión importante, y en mi familia esperan que los haga sentir orgullosos, pero no saben cuántas dudas tengo sobre ello. No se los he contado. Y hay tantos secretos que les oculto a Harvey y a mis amigos... y eso no puede ser correcto, pero sería un error hablarles de ello. No dejo de pensar en lo que debo hacer porque realmente no estoy segura de ello. No estoy segura de nada. Y siempre estoy segura de todo.

No era como estar hablando con el espíritu del pozo de los deseos, a quien podía contarle todo y que fuera capaz de comprenderlo todo y aun así verme como alguien increíble. Eso había sido todo lo que yo quería.

La señorita Wardwell ni siquiera veía quién era de verdad. Era una mujer dulce y tonta que creía que las brujas eran una fantasía y tenía un reloj con forma de tetera. No sabía por qué siquiera lo intentaba.

Pero me sorprendió.

Se inclinó hacia delante, tomó mis manos entre las suyas, y se arrodilló a mis pies. Su rostro no era terso ni perfecto como el del espíritu del pozo de los deseos, y tampoco era opaco. Me asombró la intensidad de la compasión y la dulzura en sus ojos verdes. Me di cuenta de que, en realidad, la señorita Wardwell era muy guapa. Quizás ella misma no lo supiera.

—Lo siento, Sabrina —murmuró—. Por supuesto, debe ser terrible sentir que naufragas en la incertidumbre. Especialmente, si esta es la primera vez que te sientes realmente insegura.

Asentí, luchando por contener las lágrimas.

—Pero, querida mía, qué hermoso don tienes —dijo—, estar casi siempre segura. La mayoría de las personas no están seguras de nada. Aunque si yo tuviera ese poder, si pudiera estar tan segura de mí misma, sería como tener la clave para cualquier hechizo.

El fuego de la chimenea era tibio y reconfortante, y también la firmeza de las manos de mi profesora. La oscuridad se había agolpado detrás de las ventanas, y en ese momento la pequeña cabaña ya no me parecía tan absurda. Era acogedora y atrayente, un pequeño y luminoso refugio de las más tenebrosas profundidades del bosque. Hasta una bruja podía sentirse a gusto aquí.

—No soy una mujer muy sabia —confesó la señorita Wardwell—. No hay, en realidad, razón para que me escuches. Pero si fuera a darte un consejo, sería el siguiente: No temas no ser suficiente. Ese es el único temor que puede detenerte. —Vaciló—. ¿Te parece absurdo?

—No —murmuré—. No, no es absurdo en absoluto, señorita Wardwell. Muchas gracias.

Regresé caminando a casa a través de la oscuridad plena del bosque envuelto en sombras. La señorita Wardwell insistió en acompañarme, pero le dije que conocía el camino.

No le dije que había nacido en este bosque. Ningún mortal conocía este bosque como yo.

Pero mientras caminaba, llevaba conmigo sus amables palabras. De camino, me detuve en el sitio donde debía girar para volver al arroyo y al claro en el que se encontraba el pozo. Decidí no ir. No esa noche.

En cambio, elegí un camino diferente, y crucé la parte más profunda del bosque, hacia un valle que brillaba a la luz de la luna, como si fuera un tazón verde colmado de líquido plateado. Recordé vagamente a la tía Hilda contándome historias sobre los duendes que lo habitaban.

—Juro que haría lo correcto —suspiré—. Si solo supiera qué es.

Si los duendes me oyeron, no respondieron.

Volví a casa. El tejado inclinado apenas se recortaba contra el cielo, pero todas las ventanas ardían intensamente. Me apuré por entrar y oí la voz de mi tía Zelda resonando desde arriba. Subí corriendo la escalera de dos tramos y al llegar allí vi a mis tías y a Ambrose en el corredor fuera de mi habitación. La tía Hilda estaba rezagada, Ambrose estaba tendido sobre el suelo y, por algún motivo, la tía Zelda tenía una cubeta en la mano y colocaba la punta afilada de su zapato de tacón sobre las costillas de Ambrose.

—¿Quieres parar, Ambrose? Haces tantas tonterías que a veces temo que no estés bromeando.

—No te preocupes, Tía Z —respondió Ambrose—. Siempre estoy bromeando.

—Eh, ¿qué ocurre? —pregunté, jadeando tras correr escaleras arriba.

—Ah, Sabrina —dijo la tía Zelda—, gracias al infierno que has llegado. Tu novio mortal ha estado causando problemas.

Al instante me invadió el pánico.

—¿Harvey ha estado aquí? —reclamé—. ¿En mi ausencia? ¿Qué le ha pasado? ¿Qué le habéis hecho?

—No es lo que hemos hecho nosotros —dijo ella con brusquedad—. Es lo que ha hecho ese ridículo mortal. Se ha puesto bajo la ventana de tu habitación y ha intentado cantarte una serenata.

Me quedé boquiabierta.

—Imposible.

Mi tímido Harvey jamás haría algo así.

—Siento decir que sí lo ha hecho —declaró la tía Zelda—. Tu pretendiente mortal no tiene una voz melodiosa. Al principio, creí que el sonido eran gatos que se peleaban a muerte, pero esa feliz ilusión se hizo añicos cuando distinguí las palabras que cantaba. Cuéntaselo, Ambrose.

Mi primo estaba completamente tumbado en el suelo. De hecho, parecía estar llorando de risa.

—Cantó una canción —confirmó—. Puedo cantártela si lo deseas. No quiero que sientas que te has perdido algo, prima. Puedo recordar cada verso glorioso, jamás lo olvidaré. Están grabados en mi corazón con letras de fuego. ¿Empiezo? *Oh, Sabrina, oh, Sabrina, apenas te veo...*

Me cubrí rápidamente la boca con la mano.

—Silencio, Ambrose —ordenó tía Zelda.

—¡Pero ni siquiera llegué a la parte en la que su amor era como un narciso amarillo, amarillo!

—Silencio, cariño —murmuró la tía Hilda—. Eso no es amable.

—Por favor, solo dejadme hablarle de cuando cantó que ella era el azúcar en polvo de su donut, y que si ella fuera un cubo de basura, ¡él sería un zorro!

—Puedo volver a llenar esta cubeta y echártela encima —amenazó la tía Zelda—, y si me obligas a volver a oír esa canción, lo haré.

—Me pareció tremendamente romántica, en serio —masculló la tía Hilda—. Su pequeña carita estaba tan triste y sorprendida cuando le vaciaste la cubeta por la ventana.

Caí en la cuenta de lo que decían mis tías.

—¿*Vaciasteis* una cubeta de *agua* sobre Harvey? —gruñí.

La tía Zelda frunció los labios.

—¿Fue agua o sangre de cerdo? ¿Lo recuerdas, Ambrose? De todos modos, después de eso hizo silencio.

—Oh, no —exhalé—, tendré que llamarlo.

—Es una excelente idea, Sabrina —dijo la tía Zelda—. Dile que si vuelve a cantar en mi propiedad alguna vez, haré que los búhos se coman su lengua.

Hilda hizo una mueca.

—Quizás sería conveniente que se lo digas con un poco más de tacto, cariño.

La tía Zelda se dirigió indignada a su habitación, haciendo resonar con furia sus tacones sobre el suelo de parqué. La tía Hilda corrió tras ella, haciendo comentarios tranquilizadores. Pasé por encima de Ambrose de camino a mi habitación, pero antes de que pudiera cerrar con un portazo, mi primo cruzó rodando la alfombra, enredándose en su túnica de seda, sacudido por continuas carcajadas. Me lanzó una sonrisa conspiradora, como si esto fuera una broma, como si Harvey fuera una broma para él.

—Parece que nuestro hechizo ha funcionado demasiado bien, prima.

Recordé lo que el espíritu del pozo de los deseos me había dicho.

—No ha sido nuestro hechizo —dije con frialdad—. Ha sido el tuyo.

LO QUE SUCEDE EN LA OSCURIDAD

Ella sabía que crearon la oscuridad para que les sucedieran cosas terribles a las criaturas preciosas.

No se sentía particularmente inquieta porque Sabrina no hubiese podido volver.

Los humanos tenían arranques intensos de esperanza. Durante algunos ciclos lunares, adquirían confianza en sí mismos, creían en el amor o la misericordia, buscaban la belleza del mundo que veían o la gracia de otro mundo que no veían, y se convencían de que era suficiente.

Pero la esperanza, como los humanos mismos, no duraba. Tarde o temprano, la fe se desvanecía, y aparecían las dudas. Ella no hacía nada para que ocurriera. No hacía falta. Se lo hacían a sí mismos. Siempre regresaban arrastrándose, rogando triunfar, desesperados por salvarse de sus peores temores.

Ella sabía cómo ser paciente, y ahora jugaba una partida por un premio más grande que ninguno. Debía cumplir órdenes. Sabía lo que debía hacer. Sabía cómo eran los humanos. No había una sola alma que caminase sobre la faz de la tierra, bruja o mortal, que estuviera realmente segura de sí misma. Tan solo lo deseaba.

Solo debía tenderse junto al río y aguardar.

CORAZONES Y ROSAS

El martes tomaba el desayuno con Ambrose y la tía Hilda cuando golpearon a la puerta. Por desgracia, eso significaba que era la tía Zelda quien la había abierto.

—Me gusta la música —dijo a modo de saludo—, pero no puedo describir lo que experimenté anoche como *música*.

Me tragué los cereales y tosí intencionadamente por encima del murmullo espantado de un chico.

Incluso antes de la serenata de la noche anterior, en algunas ocasiones la tía Zelda había sido extremadamente grosera con Harvey; ya le había señalado con firmeza que debía ser una anfitriona amable.

—Me refiero a que, ah, sí, hola, Harvey —dijo con dignidad—. Qué bella luna la de anoche, ¿verdad? Las lunas crecientes me provocan una verdadera emoción. Se parecen un poco a las dagas.

Desafortunadamente, esa era su idea de ser una anfitriona amable.

Aparté el cuenco y la silla.

—Tengo que marcharme.

—¿Cuándo nos volveremos a ver? —preguntó Ambrose, que parecía felizmente inconsciente de que estaba furiosa con él—. Oh, claro, cuando vuelvas del instituto. Porque jamás salgo de la casa, y el paseo más frecuente de la tía H es al cementerio.

Estamos listos para otro día emocionante fabricando preciosos helicópteros de papel. Los aviones de papel dejaron de ser un desafío hace cincuenta años.

La tía Hilda sacudió la espátula hacia él, a modo de reprimenda.

Corrí a la puerta. Por la noche, Harvey no había respondido su teléfono. Debía sentirse absolutamente humillado; lo último que necesitaba ahora era a la tía Zelda. Tenía que salvarlo.

Pero salvarlo no era el problema.

Cuando llegué a la puerta, encontré al hijo de un minero de hombros anchos, de pie en nuestro porche. El equivocado.

—¡Tía Z! —exclamé—. ¡Ese *no es Harvey*! ¡Es su hermano, Tommy!

—He estado intentando decírselo —dijo Tommy, sin inmutarse.

—Oh. —La tía Zelda frunció el entrecejo, y desdeñó con un gesto del cigarrillo toda la situación—. Me pareció que tenía un aspecto ligeramente diferente de lo habitual.

Le sujeté el codo con fuerza y la arrastré lejos de Tommy y la puerta.

—¿Como, por ejemplo, una *cara diferente*? —siseé.

—Todos los mortales me parecen iguales —susurró la tía Zelda a su vez—. Los dos llevan camisas de franela espantosas. Es como si estuvieran intentando confundirme.

—Me rindo. —Suspiré—. Vamos, Tommy.

Salí corriendo de la casa, aferré la manga de franela de Tommy y empecé a arrastrarlo por las escaleras del porche. Tenía un gesto de desconcierto: no me extrañaba.

—Adiós, copia de Harvey —dijo la tía Zelda.

Le dirigí una mirada de disculpa a Tommy.

—Qué personaje, tu tía —señaló.

No parecía excesivamente preocupado por el hecho de que ella no reconociera a mi propio novio. Supongo que todo el pueblo esperaba que fuéramos raros, pero no pude evitar sentir vergüenza. La Tía Zelda y Ambrose siempre eran muy despectivos con Harvey. La tía Hilda era amable con él, pero era amable con todo el mundo. A veces me preguntaba si era afectuosa con Harvey como cuando acariciaba a un perro.

—Sí, podría decirse eso —dije—. Eh... no es que no esté contenta de verte... ¡hola, Tommy!... pero te he visto más en los últimos días que en varios años. ¿Puedo preguntar qué haces aquí? ¿En dónde está Harvey?

Tommy me abrió la puerta de su camioneta roja.

—Harvey me pidió que te llevara al instituto. Ha dicho que tenía una sorpresa esperándote allí. Dijo que era una disculpa por lo de anoche.

Me metí rápidamente en la camioneta, asediada por una nueva ola de culpa.

—No hay ninguna necesidad de que me pida disculpas.

Tommy se metió tras el volante.

—Sabrina, ¿qué ha pasado anoche? Harvey se ha ido un rato, y al volver tenía la camisa...

—¿Era sangre de cerdo? —pregunté, y luego cambié de parecer—. Espera, no hace falta que respondas. Quizás prefiera no saberlo.

Las cejas de Tommy se dispararon hacia arriba.

—¿Tiene esto algo que ver con lo que decía tu tía de la música? —conjeturó.

—Quizás no quiera hablar de ello en absoluto.

Tommy asintió amablemente y siguió conduciendo a través del bosque. Algunas hojas se volvían doradas. Parecía que los árboles ya no mostrarían más su estilo de color verde estival.

—Harvey ha estado muy raro últimamente —expresó al fin, con voz baja—. Creo que es por mi culpa.

Retorcí las manos sobre mi regazo.

—No es por tu culpa, Tommy; es mía.

—Oh —dijo—. ¿Habéis tenido una pelea?

No respondí. No sabía cómo explicarlo. Seguimos adelante en un silencio incómodo y terrible hasta que nos acercamos al instituto Baxter. Tommy inhaló una gran bocanada de aire con incredulidad.

—Oh, no, no —murmuró. La camioneta se detuvo con un movimiento brusco, y me apretó el codo. Lo miré, alarmada por la urgencia repentina de su tono habitualmente apático—. Sabrina, *por favor*, no lo dejes. Ha ido demasiado lejos, y se lo diré, pero tú eres su mundo. Por favor, no rompas el corazón de mi hermanito.

—Jamás me separaría de Harvey —respondí, perpleja.

Tommy me dirigió una sonrisa tensa y breve.

—Te tomo la palabra.

Salió de la camioneta de un salto. Me incliné hacia delante en mi asiento y miré detenidamente a través del parabrisas. Por un instante, solo vi el ladrillo rojo y el tejado almenado tan familiares del instituto Baxter: el techo del medio, plano, y los otros dos, rematados en punta.

Después, mis ojos se posaron sobre la cerca de hierro negra que rodeaba la escuela, y vi lo que Tommy había visto. Durante un momento, sentí que el brillo nublaba mi visión, como si estuviera mirando directamente al sol, pero solo me encontraba mirando los corazones de flores.

El cielo de la mañana era de un azul brumoso, el intenso azul propio del verano que recién acababa. La cerca negra que rodeaba el instituto era, por lo general, una línea dibujada que recortaba drásticamente el edificio color rojo y el cielo azul. Esa mañana había brillantes pinceladas de color enroscadas alrededor de todos los hilos metálicos: estallidos de rojo, amarillo, lavanda y verde. Suaves pétalos caían sobre el suelo donde caminaban grupos de estudiantes, y para llegar al instituto tenían que pasar bajo un arco de color estrellado. El tejido de alambre se había convertido en cuerdas de seda, entretejidas con una decena de diferentes colores de flores, y la estructura de acero de la cerca estaba cubierta de racimos de flores, tan abundantes y vistosas que parecían el collar de una mujer, resplandeciente con rubíes, zafiros y granates.

Había flores de todo tipo pero, más que nada, rosas. Parecían rosas encantadas; había leído que siempre resultaba tentador tocarlas, con sus espinas ocultas. Sus largos tallos estaban anudados alrededor del alambre de la cerca o asomaban a través de la verja. Rosas de brujas, decorando el exterior de nuestra escuela. Toda la cerca, casi toda la escuela, había sido transformada en una corona de flores solo para mí.

Harvey se encontraba de pie junto al punto más luminoso de toda su obra; tenía el rostro vivaz y expectante como las flores. Roz y Susie estaban de pie junto a él. No parecían solo escépticas o sorprendidas; estaban disgustadas.

Intenté tirar del picaporte de la puerta tres veces, y conseguí salir de la camioneta. Para entonces Tommy ya había salido corriendo hacia los demás y hablaba con Roz y Susie mientras ahuecaba el codo de Harvey. Luego fue directo al director... quien no se tomaría bien este asunto: el director Hawthorne no parecía el tipo de persona que fuera fan de los gestos románticos si la propiedad del instituto estaba de por medio... mientras llamaba a la enfermera a voces.

Hice un gesto de extrañeza. ¿La enfermera?

Había un brillo en el suelo y, también, suspendido en el aire. A los pies de Harvey, sobre el suelo, florecían enormes manchas rojas. Mi mente le mintió a mis ojos un instante diciéndole que eran flores, solo más flores.

Corrí al lado de Harvey. Sus ojos, que se habían dirigido al suelo al ver a Tommy acercarse, brillaron con intensidad al verme.

—¡Sabrina! ¿Te gusta? Lo hice para ti.

No conseguí superar el horror para poder expresarle mi agradecimiento con voz entrecortada. En cambio, lo único que conseguí fue tirar de su manga y hacer que me siguiera atolondradamente, y que se alejara de toda la gente.

Una vez que estuvimos a cierta distancia de la creciente multitud, solté su manga. Con una precaución que llegó demasiado tarde y aterrada delicadeza, empleé las puntas de mis dedos para girar sus manos de artista con las palmas hacia arriba.

Tenía la piel rasgada con las marcas crueles de las espinas, y las palmas tajeadas con cortes punzantes. Incluso mientras miraba, sangre brillante y nueva, roja como las rosas, brotaba de aquellas heridas entrecortadas.

Arrojé mi bolso sobre el suelo y hurgué entre los libros hasta encontrar un morral de hierbas secas que la tía Hilda se aseguraba de que siempre llevara conmigo.

—Dame tus manos, Harvey —ordené, y él apoyó sus pobres manos heridas sobre las mías, con la misma confianza de un niño.

De cerca, podía ver los lugares en los que las espinas habían penetrado con demasiada profundidad. Si no hacía nada, pasarían semanas antes de que Harvey pudiera dibujar sin que le doliera. Había hecho esto para hacerme feliz, sin que le importara si perdía lo que lo hacía feliz a él. Yo no había estado pensando desinteresadamente en él, sino que había querido egoístamente que me diera seguridad, y ahora estaba lastimado. Deposité un beso y una lágrima sobre sus dedos enroscados, abrumada por la culpa que me invadía y por cuánto lo sentía.

Había un dejo de horror verdadero en su voz.

—Sabrina, ¿estás llorando?

—No, por supuesto que no. —Aparté otra lágrima del ojo con un movimiento brusco, y apliqué las hierbas con cuidado sobre los cortes con la punta de mi dedo, intentando concentrarme.

Ruda y valeriana, menta y albahaca. Todo lo curan, todo lo salvan, a toda persona nacida salvaguarden.

Harvey parpadeó mirándome a los ojos.

—¿Qué es esto?

—Es un... ungüento —le dije—. Algunas hierbas, un remedio de hierbas. Para detener el ardor de tus heridas.

—Casi no me arden ahora —dijo—. Sabrina, lamento asustarte, pero mira, no estoy lastimado en absoluto.

Su rostro era terriblemente vulnerable, deseoso por complacer e ignorando por qué había fracasado. Era tan fácil de herir, y aunque jamás había sido mi intención, lo había herido. Contuve el terror y arranqué mi mirada de su rostro, dirigiéndola a sus manos.

La magia había funcionado: lo había curado. Donde antes había una eclosión roja de cortes ahora solo se veía el normal entrecruzamiento de líneas sobre sus palmas, bajo el rastro pegajoso de sangre mezclada con hierbas, secándose con rapidez. No había ningún daño.

Los pisotones de las botas de Tommy resonaron encima del hombro de Harvey. Al agarrarlo de la mano, lo sentí estremecerse y me tensé, presa de un repentino impulso de empujarlo detrás de mí y pelear contra lo que fuera que se atreviera a amenazarlo.

Pero luego Tommy apoyó sus manos sobre los hombros de Harvey, obviamente, con cuidado. Cuando se giró y vio el rostro de su hermano, toda su tensión desapareció. Lo que fuera que temía, no era a su hermano.

—Déjame ver tus manos —dijo Tommy. Harvey le mostró sus manos, con las palmas hacia arriba como para probar su inocencia, y su hermano suspiró aliviado—. Creí... solo las vi un instante, pero creí que de verdad te habías hecho daño. ¿Dónde has encontrado todas estas flores?

—Crecían en el bosque.

—Oh, claro —respondió Tommy—. Había un montón de rosas espectaculares creciendo en el bosque. Supongo que alguien plantó un enorme jardín romántico en la mitad del bosque. Estás en problemas y eres un idiota.

Ninguno de los dos sabía que en el bosque había magia peligrosa, que alguna bruja debió haber cultivado aquellas rosas y luego haberlas olvidado. Ninguno de los dos sabía que las brujas eran reales.

—Lo siento —masculló Harvey—. Solo quería hacer algo bonito para Sabrina.

Tommy lo envolvió en sus brazos, tirando su cuerpo hacia él, con la mano ahuecada en la parte de atrás de su cabeza.

—Has hecho algo estúpido, eso es lo que has hecho. —Presionó un beso contra el costado de su cabeza—. Eres un grandísimo tonto. Esto acaba aquí, ¿entendido?

—Entendido —respondió Harvey con un hilo de voz.

Me quedé de pie en silencio, con una sensación de impotencia, mirando a mis amigos y la hilera incongruentemente alegre de flores.

Había estado a punto de actuar para defender a Harvey de Tommy, pero debí ser más astuta. Había ocultado mis secretos, y era eso lo que nos había desunido.

Si no hubiéramos sido brujas, hubiera conocido a Tommy lo suficiente como para comprenderlo. Si no hubiéramos sido brujas, Harvey y yo hubiéramos conocido mejor a nuestras familias. Él hubiera venido y se hubiera sentado a la mesa de nuestra cocina, como a veces sospechaba que le habría gustado. La tía Hilda hubiera estado pendiente de él, y no hubiéramos temido revelar nuestros secretos, porque yo no le hubiera ocultado ninguno.

No era su hermano quien había lastimado a Harvey. Éramos mi primo y yo.

En ese momento, deseé directamente que no fuéramos brujos.

LO QUE SUCEDE
EN LA OSCURIDAD

Zelda Spellman sabía que Satán merecía su devoción incondicional. Y tenía intención de ofrecérsela.

No podía permitirse ninguna vacilación en su derrotero oscuro y tenebroso. Pero, aunque Zelda intentaba avanzar, constantemente debía encarar obstáculos.

Las brujas vivían sus largas vidas al filo del peligro. La masacre de Salem y la otra masacre, la que había sucedido en su propio pueblo, pendía sobre sus cabezas como una espada brillante que truncaría todas sus sombras gloriosas. Las brujas habían muerto de hambre y habían tenido que comerse a los de su propia especie. Los cazadores de brujas se habían atrevido a descender sobre una rama de su propia familia, la orgullosa y antigua familia de los Spellman, en Inglaterra. Si los cazadores de brujas querían ir a por Zelda Spellman, estaban más que bienvenidos a intentarlo.

Zelda no temía en absoluto por sí misma.

La gente parecía sorprenderse cuando se enteraba de que adoraba a los bebés. Había pasado siglos preguntándose por qué la gente era tan idiota. Aún no había recibido ninguna respuesta al respecto.

¿A quiénes podrían desagradarles los bebés? Los bebés eran espléndidos; los bebés no te decepcionaban ni te abandonaban.

Su cabeza olía dulce, su carne era rolliza y jugosa, y tenían un potencial infinito para servir a Satán. Zelda era la mejor comadrona que el aquelarre había visto jamás, y solía regodearse en el pecado del orgullo a causa de ello. *Es una lástima que Hilda no posea ni la mitad de mis dones*, pensaba con arrogancia, mientras acariciaba a un nuevo tesoro para el Señor Oscuro tras otro parto triunfal.

Era una amarga ironía que la aparición del bebé que Zelda más quería acarreara una tragedia. Cuando la magia transportó a su sobrina, Sabrina, lejos del accidente que mató a sus padres, Zelda posó su mirada sobre su adorable rostro y supo que el padre de Sabrina, su hermano Edward, el orgullo y la felicidad de la familia, había muerto.

La familia de la madre de Sabrina quería llevársela. El padre Blackwood, el nuevo jefe de la Iglesia de la Noche, se ofreció a acoger a Sabrina y criarla con las encantadoras huérfanas malignas en la Academia de las Artes Ocultas. Zelda no podía evitar admirar lo comprometido que estaba el padre Blackwood con Satán, y también la esbelta figura que tenía con su capa bordada. El Señor Oscuro le había dado al padre Blackwood muchos dones, incluido el de un precioso trasero.

Pero Zelda le dijo que no al padre Blackwood. A los familiares de Diana, les dijo: *Jamás volváis a acercaros a Sabrina, si lo hacéis os arrancaré la cara y moriréis, chillando y sin cara.* Hilda tuvo que hacer que olvidaran aquellas amenazas, lo cual era una lástima ya que Zelda creía que eran convincentes y estaban muy bien expresadas.

Pero vamos, Hilda siempre había sido la hermana débil y sentimental. Su hermano, Edward, era tan magnífico que no podían desafiarlo, todo el mundo creía que cuando Edward Spellman se manifestaba, lo hacía en la propia voz de Satán.

Edward ya no estaba. Si habían podido llevárselo, podían llevarse a cualquiera de ellos.

A veces Zelda solo podía dormir porque Hilda descansaba en la cama de al lado: la acompasada respiración de su hermana la arrullaba hasta que se quedaba dormida. A veces creía que sería más fácil ser una de las huérfanas del aquelarre. Pero en seguida pensaba: *Me moriría de soledad*, y luego se decía que, por el contrario, tendría la posibilidad de servir al Señor Oscuro con una devoción inquebrantable.

Moriría de soledad. Ese era su secreto. Ella no era la verdadera sierva de Satán que creía el aquelarre. Ella era una abominación que incumplía promesas. Quería a su familia más que a él.

Pero nadie debía saberlo jamás.

En ocasiones, el sonido arrullador de la respiración de Hilda no funcionaba, y Zelda tenía que subir sigilosamente las escaleras al desván, para ver si Ambrose estaba vivo. El maldito muchacho se quitaba la manta a patadas y la retorcía como si estuviera confeccionando la soga del verdugo o una serie de cuerdas para escapar de alguna torre en sueños. *Alguien* tenía que enderezar la manta; Ambrose podría resfriarse.

Hilda anduvo dando vueltas por Inglaterra durante siglos y volvió con un chico ridículo a cuestas, lo cual era algo muy típico de ella. Desde el comienzo, Zelda había desaprobado por completo a Ambrose. Jamás escuchaba, no era de fiar y no podía estarse quieto. Siempre estaba riéndose de ella e, incluso cuando no lo estaba, era como si lo estuviera: tenía esos ojos zumbones. Era su desgracia, su carga, la manzana podrida de su familia.

Era suyo, y Zelda mataría a cualquiera que intentara arrebatárselo.

Era una vergüenza inaudita que Ambrose hubiera cometido un crimen y hubiese deshonrado el nombre de la familia, pero Zelda consideraba que el castigo había sido muy apropiado. Había sido Satán quien había guiado la mano del aquelarre en ese caso. Ambrose estaría bajo su mirada vigilante para siempre. Era mejor para él permanecer en casa.

A continuación, Zelda entraba con sigilo en la habitación de Sabrina. Jamás había necesidad de enderezar sus mantas. Dormía bajo las sábanas de espalda, tumbada como un cadáver o como una buena chica. Abrazaba en sueños un enorme conejo de peluche. Zelda le ofreció un precioso zorro embalsamado real, pero Sabrina lo rechazó. La tonta no sabía lo que le convenía. A Zelda le preocupaba.

Cuando Sabrina era pequeña, Zelda iba de un lado a otro cargándola. Si quería que la tuviera en brazos toda la noche, ella no tenía problema en hacerlo. Sabrina dormía mejor cuando estaba en brazos y la mecían. Intentaba aferrarse a las personas con sus puños diminutos cuando querían acostarla, y tenía mucha fuerza. Zelda creía que su sobrina había heredado su tenacidad. No era blanda como Hilda ni desequilibrada como Ambrose. Zelda la había criado y la había entrenado para ser la bruja perfecta.

Últimamente, faltaba tan poco para el bautismo oscuro de Sabrina que Zelda no quería alterar su sueño.

Tras comprobar que estaba bien, salía al exterior y se sentaba sin gracia, de una forma que jamás permitiría que nadie viera, y hundía el rostro entre las rodillas.

Oh, dulce Satán, qué vergüenza si alguien la hubiera visto así alguna vez. Habrían creído que era más débil que Hilda.

Cuando se sentía más insegura e irritable, mataba a Hilda demasiadas veces. A salvo bajo la tierra de los Spellman, su hermana no podía abandonarla. Si la mataba, durante algunos momentos estaba segura de que nadie más podía hacerlo. Y cuando Hilda salía arrastrándose de la Fosa de Caín delante de su casa, Zelda podía fingir que Edward la seguiría, y que ambos hermanos volverían juntos a casa.

Zelda sabía que tenía que dejar que Sabrina saliese al vasto mundo de las sombras que la esperaba. Ella podría ser el orgullo y la alegría de la familia renacida. Zelda lo deseaba con una ferocidad terrible y virulenta. Intentaba aplastar el temor que sentía por Sabrina, mitad mortal y absolutamente preciosa; el terror de que su sobrina sería insensata, desobediente, una causa perdida. Intentaba silenciar la voz en su interior que gritaba que Sabrina corría peligro.

El bautismo oscuro de Sabrina saldría perfectamente bien. La haría sentirse orgullosa.

Zelda sentía, a veces, como si su corazón pudiese romperse, pero sabía que su corazón no debía ser dividido.

BESANDO LA LUNA

Hablé a toda velocidad y convencí al director Hawthorne de que las flores eran un proyecto de arte, cuya finalidad era celebrar Greendale.

—Como los fuegos artificiales de la feria del Último Día del Verano.

El director Hawthorne arrugó el entrecejo.

—No sabía que había fuegos artificiales en la feria.

—Pues los hubo —dije—. Pregúntele a cualquiera. Harvey eligió el instituto porque... ¿qué mejor lugar que el instituto Baxter para hacer gala del orgullo cívico? ¿Verdad, Harvey?

Harvey, un pésimo mentiroso, se sonrojó.

—Claro —masculló.

—Has estado muy veloz allí dentro, Sabrina —dijo Tommy, elogiándome después, cuando conseguimos eludir un castigo con la promesa de que quitaríamos y limpiaríamos todas las flores nosotros mismos—. Mi padre jamás debe enterarse, pero tú y yo hablaremos de esto después, Harvey.

Harvey agachó la cabeza.

—Está bien.

No fue el único que quedó con el ánimo por los suelos durante el resto del día. Susie y Roz no me interrogaron sobre la conducta de Harvey: *había llegado demasiado lejos para eso*, pensé. Estaban realmente inquietas y, en lugar de hacer frente a lo que no podían terminar de comprender, querían dejarlo atrás y fingir que jamás había sucedido.

Ojalá yo hubiera podido dejarlo atrás, pero los mortales no tenían idea de quién era responsable del asunto. Yo sí.

No iba a dejar que Harvey me acompañara a casa por el bosque. Volví sabiendo que tenía que tener una charla seria con Ambrose.

La tía Zelda fumaba, sentada sobre una de las mecedoras en uno de los extremos del porche. El sol poniente atrapó el brillo de su boquilla dorada, y el oro me hizo un guiño en el mismo instante en que lo hacía el ojo naranja de su cigarrillo encendido.

—Siéntate conmigo un momento, Sabrina.

Vacilé, pero en realidad no tenía muchas ganas de encarar a Ambrose en la morgue, gritando encima de un cadáver. Quizás yo también agradeciera la excusa de postergar el momento durante un rato más. Me hundí sobre la mecedora junto a la de la tía Zelda y esperé para escuchar lo que tenía que decir.

—Lamento haber estado irascible últimamente.

Casi me caigo de la mecedora. La tía Zelda rara vez se disculpaba.

—Sé que he estado hablándote con brusquedad y visitando con más frecuencia la Iglesia de la Noche, y cada tanto...

—Matando a tía Hilda...

—Sí, sí —admitió, poniendo los ojos en blanco—, tan solo pequeñeces, pero he notado que has estado más retraída los últimos días. Sé que los meses anteriores a entregar tu alma al Señor Oscuro y firmar el Libro de la Bestia son muy especiales y un momento sensible en la vida de una joven. Temo que he estado un poco desconsiderada, además, en vista de tus circunstancias especiales.

—Te refieres a que sea medio mortal —dije con lentitud—. Te preocupa que eso me haga débil.

—Por supuesto que no deja de ser una preocupación.

Mi corazón se debatía entre el resentimiento y la culpa. La tía Hilda, lastimada; la tía Zelda, preocupada: todo era por mi culpa, sencillamente, por ser lo que era. ¿Era justo?

—Otros miembros de la Iglesia de la Noche podrán dudar de ti —continuó—. No puedo negar que pensar en tu herencia me inquieta. Estoy segura de que superarás el desafío que plantea tu pasado. Conocí a Edward mejor que a nadie. Era un brujo fantásticamente poderoso que inspiró y asombró a todos los que lo rodeaban, y tú eres su hija.

—Lo soy. Lo quiero ser.

Era cierto. ¿Pero acaso significaba que no podía ser en absoluto la hija de mi madre?

Si no conseguía inspirar y sorprender a todos con mi fantástico poder, ¿sería una decepción o un fracaso?

El sol empezaba a ocultarse; sus últimos rayos de luz desangraban el cielo. El paisaje ya se encontraba en sombras. Las copas de los árboles se habían convertido en masas oscuras contra los grises nubarrones.

La tía Zelda se apartó de mí, haciendo que su silla se meciera levemente hacia atrás.

—Espero que esta charla haya tranquilizado tu mente, Sabrina. No quiero que te centres en nada que no sea tu bautismo oscuro. Realmente, no podría soportar más deshonra sobre nuestra familia.

—¿Y esa es tu mayor preocupación? —Me puse de pie—. Es bueno saberlo.

La Iglesia de la Noche dudaba de que yo tuviera el potencial para ser una bruja. Quizás fueran todos como las Hermanas Extrañas.

Podía llegar a ser una gran bruja y demostrarles a todos que estaban equivocados. Podía negarme a ser una bruja y demostrarles que no los necesitaba.

Quería ambas cosas. Me sentía empujada en dos direcciones opuestas, y a nadie le importaba que me desgarrara por la mitad.

Lo que no había querido hacer antes pareció ser, de pronto, la única opción.

Entré a la casa hecha una furia y emprendí el descenso a la morgue, bajando las escaleras en caracol, a través del pasadizo con muros de piedra agrietada. Mis zapatos sin tacón golpeaban los azulejos blancos y negros con fuerza.

Ambrose había prácticamente terminado con el trabajo del día. La mesa de acero estaba vacía; los armarios en los que conservaba los cadáveres sobre sus frías estanterías se encontraban cerrados. Estaba de pie junto a la mesa, bajo la fría luz de los tubos fluorescentes, quitándose los guantes y las gafas. El aire olía a hierbas y productos químicos, y todo era gris y cortante, con excepción del único haz de luz encima de su cabeza.

—Dime cuáles fueron las últimas palabras del hechizo —ordené. Jadeaba como si hubiera corrido un largo trecho, cruzando el bosque presa del terror, en lugar de haber descendido las escaleras de mi propia casa—. Dime lo que le has hecho a Harvey.

Ambrose se encogió de hombros, meneándolos de un modo irritante, como si estuviera intentando quitarse una carga de encima.

—Si hubiera sabido que ibas a hacer tanto escándalo por un hechizo tonto, jamás habría sugerido lanzarlo contigo. Fíjate bien en lo que digo, prima: no te lo diré. No tengo ganas, y no sé por qué últimamente estás siendo tan aguafiestas. Todo el propósito de la magia es hacer que nuestras vidas sean más divertidas. Harvey solo es…

—¿Solo es *qué*? —pregunté cortante—. ¿Un mortal?

Una sonrisa empezó a asomarse en sus labios. Ambrose siempre estaba jugando.

—Pues, sí.

Cuando vi la sangre de Harvey sobre el suelo, pensé por un momento que estaba viendo flores. El timbre ligero de la voz de mi primo resonó en mis oídos como campanas. Incluso ahora, él creía que se trataba de una broma.

—Entonces, ¿yo qué soy?

Los guantes que Ambrose se había quitado se encontraban hechos un ovillo sobre la mesa de acero, aún manchados de sangre. Tenía las manos limpias y la frente despejada, completamente libre de preocupaciones.

—¿Te refieres a quién eres en un sentido existencial? Creo que tener conversaciones filosóficas cuando estoy sobrio resulta muy tedioso. No sé lo que eres, prima. ¿Yo qué soy?

—Eres un criminal —le dije.

Jamás le había dicho algo semejante en mi vida.

La sonrisa de Ambrose se tornó rutilante y peligrosa como su bisturí.

—Soy el brujo malvado de cualquier historia que quieras. Claro.

El mundo mortal, el mundo en el que yo había crecido, le resultaba insignificante. La magia podía causar daño a la gente, pero a Ambrose lo tenía sin cuidado. Los mortales no eran nada para él y, tal vez, yo tampoco fuera nada para él.

—No te importaría si tu magia matara a alguien, ¿verdad?

—¿Hay alguien a quien quieras matar, prima?

No creí que pudiera enfurecerme más.

—¡No, no hay nadie a quien quiera matar! —grité—. Y mi nombre es Sabrina. Llámame por mi nombre. Los mortales no son juguetes o posesiones. Ni Harvey lo es, ni yo.

—Sé que Harvey no es una posesión —dijo—. Si lo fuera, podrías quedarte con él. No te quedarás con él, y creí que los dos queríamos que tus últimas dos semanas con él fueran más divertidas. Te tomas las cosas demasiado en serio.

—Y tú te las tomas demasiado a la ligera. No son mis últimas semanas con él. ¿Realmente se supone que tengo que divertirme con Harvey como si fuera un juguete y luego tirarlo como si fuera basura?

Ambrose desestimó el asunto con un leve gesto de la mano. La tapa de acero de la basura se abrió de repente. Sus guantes arrugados y manchados de sangre y su bisturí reluciente volaron a través del aire y desaparecieron dentro. La tapa se cerró con un estrépito.

—¿Por qué no? —preguntó con languidez.

—Porque los brujos tienen corazones fríos y caprichosos...

No había querido creerle, pero parecía que mi primo había estado diciendo la verdad.

Se encogió de hombros.

—Hay muchos motivos. Estoy cuidándote, prima. Intenté decírtelo antes. Las brujas y los mortales son una combinación que jamás termina bien. Aprende la historia de los brujos. Ana Bolena se casó con un mortal, y la decapitaron.

Ambrose se pasó la uña sobre la garganta con un dramático efecto sonoro.

—Después de tu bautismo oscuro, lo comprenderás. ¿Sabes cómo le llaman al acto de volar cuando lo hacen las brujas? Besar la luna. Ser una bruja es besar la luna —dijo—. Pregúntate, ¿prefieres besar la luna o besarlo a él?

Su tono al realizar la pregunta era cruel; la pregunta en sí era cruel.

—¿Por qué tendría que elegir entre los dos? —reclamé—. ¿Realmente crees que simplemente debería abandonarlo como si no fuera una persona que importara para mí? ¿Por eso me llamas siempre *prima*? ¿Porque no te importa quién soy? Solo la divertida prima mitad mortal, un bebé que no debió haber crecido para volverse irritante.

Sus labios se retrajeron dejando al descubierto sus dientes.

—No tengo idea de por qué te crees tan divertida. Has sido tú quien ha insistido en jugar conmigo cuando eras pequeña, como si yo fuera una especie de mascota que guardaras dentro de la casa.

—Así es. La tía Hilda y la tía Zelda me han criado, pero tú solo jugabas conmigo. No soy más que un juguete para ti. Ambrose me alentaba a apartar a Harvey y a mis amigos mortales con mucha facilidad. ¿Acaso haría eso conmigo si pudiera? ¿Cuándo me arrojaría como si fuera basura?

Apartó bruscamente su mirada de la mía y la posó sobre el muro. Los azulejos verdes y las tenues luces de la morgue me hicieron sentir que no estábamos bajo la tierra sino bajo el agua, rodeados de objetos que se habían vuelto turbios e imprecisos. Se quitó el delantal manchado de sangre. Llevaba una camiseta gastada por debajo, con las palabras VERDE ES AVANZAR. ROJO ES AVANZAR MÁS RÁPIDO. La camiseta era roja como la sangre y las rosas.

Soltó una carcajada, aunque sonó forzada.

—¿Por qué estás tomándote esto tan personalmente?

Avancé un paso, enfurecida.

—¡Porque es personal! ¡Porque mis padres eran un brujo y una mortal!

—Bueno, Sabrina —dijo con frialdad—, no vivieron siempre felices, ¿verdad? Deberían estar vivos para conseguir el final feliz.

Crucé el suelo de la morgue en dos pasos. Mi mano voló para darle una bofetada, pero me retuvo la muñeca en el aire. Forcejeé para soltarme y golpearlo, pero se aferró a ella, clavándome los dedos en la piel.

—Eres patético —le espeté—. Me tienes celos porque tengo una vida y tú no. ¿Lo vas a negar?

—No. *Estoy* celoso —respondió con un gruñido—. Si tuviera una oportunidad de vivir, ¡viviría cien veces mejor que tú!

—¿Así que has lanzado un hechizo que haría daño a Harvey porque querías fastidiar mi vida, y no te importa a cuántos mortales lastimes para hacerlo?

El anillo blanco que rodeaba los ojos de Ambrose era más ancho que el de la mayoría de las personas. Ahora sus ojos enormes y extraños prácticamente giraban dentro de su cabeza, negros, blancos y furiosos. Jamás se me había ocurrido que mi primo podía ser siniestro o intimidante.

No conmigo.

—¿Por qué no? —preguntó con suavidad—. Tus preciosos mortales pueden pudrirse por lo que a mí me importa. No sé por qué estás tan obsesionada con ellos, pero ¡jamás piensas en el hecho de que yo vivo en una jaula!

Conseguí que soltara mi muñeca con un violento tirón.

—Esto no es una jaula. Es nuestro hogar. Jamás piensas en lo que significa para mí ser medio mortal.

—No importa que seas medio mortal. En un mes será tu bautismo oscuro —dijo—. Escribirás tu nombre en el Libro de la Bestia, y luego serás una bruja tan malvada como cualquiera de ellas. ¿O es un problema, Sabrina? En realidad, no estás desesperadamente preocupada por los mortales. Eres tan egoísta como yo. Estás preocupada por ti y por el hecho de que fallarás.

No podía dejar que me temblara la voz, así que dejé que aflorara un tono afilado.

—¿Y por qué piensas eso?

Ambrose estaba encantado de informarme al respecto. Se giró con violencia para darme la espalda, caminando a grandes pasos hacia la mesa de acero, pero me situé entre él y la mesa. Lo obligué a mirarme, y se inclinó para decirme las palabras brutales y atroces a la cara.

—Llevas cintas en el pelo para ir a la cama, Sabrina; algunas incluso hacen juego con tus pijamas. Eres como la chica de una de nuestras historias que le juró a una bruja que no tocaría nada maligno y terminó sin manos. Caminas por todos lados llevando tus cintas de pelo como una corona, mirando por debajo a un mundo que no comprendes pero que no puedes dejar de juzgar. Lo único que imagino que harás ante el Señor Oscuro será decirle severamente que estás decepcionada con su mal comportamiento. ¿Qué clase de bruja serás?

Eres una chica muy buena. A veces me pregunto cómo podrás ser alguna vez una bruja malvada. Me lo había dicho antes de lanzar el hechizo sobre Harvey. Había crecido creyendo que algún día sería una bruja, con un grimorio propio como el que tenía mi primo, que haría conjuros y sería tan espléndida como él. Pero esa era la verdadera naturaleza de un brujo. Los brujos tenían corazones fríos y caprichosos. Ambrose no me creía, y no me quería.

—Seré mejor bruja que *tú* —le juré—. No es culpa mía que estés atrapado aquí conmigo. ¡Cometiste un delito décadas antes de que yo naciera! Eres débil, te equivocaste, y fastidiaste tu propia vida. Mereces estar en una jaula.

—¡Tú no mereces ser una bruja! —gritó él—. Eso es lo que no dejas de pensar, ¿verdad? No soportas ese pequeño atisbo de duda en tu cabeza, así que intentas aplastarlo. Yo no he sido quien quería lanzar hechizos para asegurarme de que mi novio me quisiera. Estás enfadada porque tienes miedo de ser incluso más débil y patética que yo.

Sus ojos eran furiosos en la verde penumbra. Sus palabras sonaron a maldición, como si al decirlas pudiera hacerlas realidad.

Tenía los puños cerrados con tanta fuerza que me dolían las manos.

—Esto es estúpido. He terminado contigo.

—Ah, ¿sí? —La carcajada de Ambrose encrespó el aire, malvada y burlona, el cacareo de un brujo de verdad—. Pues *yo* he terminado contigo.

Sentía el pecho tenso como si fuera un nido de víboras que se enroscaban y retorcían, golpeándome las tripas con sus colmillos afilados. Alcé los puños y vi que las manos de Ambrose, que colgaban a sus lados, estaban tensas. Podía oír las bandejas de acero moviéndose dentro de las vitrinas: las vacías se sacudían; las que tenían cadáveres crujían como ramas que albergaban bebés y estaban a punto de romperse. Incluso los azulejos de color verde agua y los ladrillos de los muros se desplazaban. En algunos minutos esa sala estruendosa estaría llena de bisturíes y cadáveres.

Se oyó el sonido de tacones sobre la escalera en caracol, golpeando con tanta violencia que creí que estallarían chispas.

—¡Niños! —rugió la tía Zelda—. Por todos los demonios, ¿a qué creéis que jugáis?

—No estamos jugando —dijo Ambrose, sin inflexión en la voz.

—Rivalidad entre hermanos —murmuró la tía Hilda con inquietud, que se encontraba detrás de Zelda sobre las escaleras—. Es… es natural, sucede. He leído sobre ello en libros de piscología…

—¡Qué disparates dices! —la acalló tía Zelda—. Deja de leer idioteces mortales. Obviamente, hay una explicación perfectamente racional. Probablemente, hayan estado poseídos por demonios.

Mi alarido atravesó bruscamente la cháchara de mis tías.

—¿Cómo podría ser rivalidad entre hermanos? Él no es mi hermano. No somos nada el uno del otro. Esta no es una familia *real*.

Retrocedí alejándome de Ambrose, pasé enfadada junto a mis tías dolidas y ofendidas y subí como un torbellino los dos tramos de escaleras hasta mi habitación. Me arrojé sobre la cama repleta de peluches estúpidos y cojines llenos de borlas, y estallé en una tormenta amarga de lágrimas.

A la tía Zelda solo le importaba que no avergonzara a los Spellman. Ni siquiera la tía Hilda se pondría de mi lado y en contra de Ambrose. Y mi primo había terminado conmigo, un juguete que había dejado de ser divertido. Así que yo había terminado con él.

Si los brujos ni siquiera se querían entre sí, no había motivos para ser una bruja.

LO QUE SUCEDE EN LA OSCURIDAD

as palabras de una bruja podían viajar a grandes distancias si soplaba el viento adecuado. Se desplazaban de una hoja a otra en el bosque, como una cadena de susurros. Una antigua leyenda decía que el crujido de las hojas caídas alrededor de una casa era indicio de que las brujas estaban chismorreando sobre la familia que vivía dentro.

Tommy Kinkle estaba en el porche, reclinado contra la barandilla, con la mirada fija en el inmenso bosque. Se preguntaba qué vería Harvey, si su hermano menor, el artista, estuviera de pie junto a él. ¿Hadas, quizás? Tommy solo veía árboles. Era un joven simple.

Harvey había llegado a casa y seguía parloteando sobre Sabrina, como si no la viera todos los días, todo el día. Se había vuelto loco.

Su padre no había ido al bar ni había perdido el conocimiento temprano como solía pasarle todos los días. Se encontraba ceñudo delante de la televisión con una cerveza. Así que Harvey se marchó a su habitación, anunciando que iba a dibujar algo. Quizás su padre se quedara dormido pronto, y su hermano quisiera aventurarse a salir fuera de la casa. Tommy esperaba que lo hiciera: hablar con él era la mejor parte de su día.

Harvey tenía razón en no cruzarse con su padre. Cuando bebía, tenía una mano pesada y mal genio. Le había pegado a Tommy un par de veces, pero él era lo bastante fuerte como para soportarlo. Su padre jamás le había pegado a Harvey, y no lo haría. Si matara a Tommy a golpes y luego alzara una mano para golpear a Harvey, Tommy se levantaría de su tumba para detenerlo.

Era bueno atrapando un balón y bueno haciendo goles: era una persona decidida. Tiempo atrás, todo el instituto sabía que Tommy, el *quarterback,* haría un *touchdown.* Podías contar con Tommy Kinkle. El entrenador solía decir: «¡Este partido es la pelea de nuestras vidas!» Ahora sucedía lo mismo en las minas. Cuando los otros hombres empezaban a echarse atrás o a sentir escalofríos, cuando estaban demasiado apiñados, la oscuridad los acechaba y hacía un calor infernal, cuando recordaba al pequeño Harvey contándole una historia disparatada de terror sobre un demonio que vivía en las minas, Tommy tomaba la delantera.

Una vez, cuando los dos eran pequeños, habían ido a un parque de atracciones. Harvey se había quedado atrapado en el laberinto de espejos, aterrado por su propia imagen, transformada en un monstruo que no reconocía. Tommy había irrumpido dentro sin pensarlo. Ni siquiera había advertido las imágenes. Solo había visto a su hermanito asustado. Lo único que había sabido era que lo sacaría de allí dentro.

Tommy no tenía mucha imaginación. Creía en lo que veía y sabía lo que era real. Era Harvey quien había heredado la imaginación y la excitabilidad; Harvey, quien tenía los ojos oscuros de su madre y su boca trágica. Tommy había nacido sin vueltas. Su padre y su abuelo lo llamaban: «Tommy, mi chico». Ambos lo entendían... *aunque no había mucho que entender*, pensaba él... pero no a Harvey, y eso les producía inquietud.

Dependía de él comprender a Harvey o intentar hacerlo después que su madre ya no estuviera. Su hermano le contaba todos sus secretos. El primer día de clases le susurró que había conocido a una chica que parecía una princesa, y desde entonces había venido a casa todos los días con otro relato más sobre la princesa Sabrina. Cuando Harvey era pequeño, lloraba los días que su padre y su abuelo iban de caza, algo que sucedía con gran frecuencia, y le preguntaba a Tommy si no se sentía horrible por los pobres ciervos. Él no lo había pensado antes, pero una vez que se lo dijo, lo entendió. Los ciervos tenían los ojos de su hermano pequeño: grandes, de color café y demasiado vulnerables.

Cazar era una tradición de los Kinkle. El abuelo decía que el legado de su familia era la sangre, que habían sido lo bastante fuertes como para derramar, y la oscuridad de las minas. Jamás le habían perdonado a Harvey que hubiera nacido nacido con un alma sensible.

—Oh, no hay duda de que Harvey es sensible —señaló su padre con desdén una vez, abajo en las minas—. Solo anda con chicas y le encanta hacer dibujos bonitos. Será mejor que no sea demasiado sensible, si sabes a lo que me refiero.

Tommy soltó una sonora carcajada de verdadera sorpresa.

—¿Bromeas, papá? En lo único que piensa es en Sabrina.

La boca de su padre estaba permanentemente desencantada, haciendo un gesto amargo tras otro.

—La chica Spellman. No soporto a los Spellman. Son gente realmente rara.

Era posible que los Spellman fueran raros. La gente decía que lo eran. Que Hilda era una loca; Zelda, una vieja bruja, y el primo, un pecador.

Había muchas cosas extrañas en Greendale, y muchas personas de Greendale que sentían temor de lo que no entendían. Pero Tommy no era uno de ellos.

Había empezado a asistir a las reuniones de padres del curso de Harvey hacía un par de años. Su padre había decidido que no iría a ellas, que no le interesaban. Era raro volver al instituto, donde hasta no hacía tanto tiempo Tommy había caminado por los pasillos como un rey. En aquel entonces todo el mundo había querido ser su amigo, que les dirigiera una palabra o les hiciera un gesto. Se trataba del mismo edificio, pero ahora estaba sentado en una hilera de sillas tambaleantes con un montón de padres vestidos con sus mejores ropas, esperando hablar con el director. Tenía la cabeza gacha, las manos agarradas incómodamente, y sus botas seguían recubiertas con el polvo de las minas. Era como haberse metido él mismo en un lío, y se sentía desesperadamente fuera de lugar. Había estado a punto de marcharse.

Pero Hilda Spellman estaba allí, la tía de Sabrina que tenía el pelo de color rubio mantequilla y una expresión amable. Había estado leyendo un libro, abierto en su regazo. La novia de Tommy del instituto también leía mucho. Él no era un gran lector, pero le daba cierto placer ver personas con libros que se alejaban de Greendale en su imaginación. No le sorprendió ver a Hilda con un libro. Los Spellman daban justamente esa impresión: mujeres inteligentes, fuera de serie. «Creen que son mejores que nosotros, simples mortales», decía su padre.

Hilda Spellman metió el libro en el bolso y le hizo un gesto para que se acercara, y charló con él hasta que fue su turno de hablar con los profesores.

—Qué bueno tenerte aquí —le susurró—. Siempre me siento incómoda siendo la única que no es una madre, y Zelda no quiere venir conmigo. —Le dirigió un guiño amistoso, y alcanzó a ver la brillante sombra de ojos sobre su párpado—. Todos estamos haciendo lo mejor que podemos, ¿verdad?

Tommy había carraspeado.

—Sí.

Cuando habló con los profesores, le dijeron que a Harvey le estaba yendo bastante bien en clase, aunque era distraído.

—Ese es mi hermanito —respondió pesaroso—. Es un soñador.

Harvey no creía que fuese inteligente, pero Tommy sabía que lo era. Y a partir de entonces, cada vez que iba a reuniones de padres, se sentaba al lado de Hilda Spellman. Ella le sonreía cuando lo veía, se tomaba el tiempo para hablar. Era una verdadera dama.

Una noche, Tommy estaba preocupado porque Harvey no había vuelto a casa. Había dicho que estaría en casa de los Spellman, y él se dirigió allí cruzando el bosque, al amparo de la oscuridad. Vio las luces del porche de la casa encendidas y las siluetas de un chico y de una chica, sentados allí. No quería interrumpir el cortejo de Harvey, pero necesitaba que regresara a casa, así que se acercó silenciosamente.

No había sido su hermano el que había estado sentado en el porche con Sabrina, sino su primo, Ambrose.

La gente del pueblo hablaba mucho sobre el primo. Todas las mujeres que alguna vez habían entregado el correo en casa de los Spellman estaban un poco enamoradas de él. También, algunos hombres. Él flirteaba con todos, según decían, como si no importara en absoluto. Pero jamás invitaba a nadie a salir, así que sabían que no hablaba en serio.

Era un muchacho distante y cruel, le habían dicho. Un *playboy* y un pecador.

Pero a él no le constaba. Quizás Ambrose Spellman tuviera demasiada personalidad para Greendale. A veces se lo veía caminando de un lado a otro dentro del perímetro de las tierras de su familia, como una pantera enjaulada con un traje elegante, abriendo los brazos de par en par como para abarcar los cuatro vientos. A veces no se lo veía durante meses. Tommy especulaba que durante esos períodos Ambrose emprendía viajes exóticos y glamorosos. No parecía mucho mayor que él, pero debía ser mayor de lo que aparentaba: las historias que relataban de él eran muy antiguas, y con solo mirarlo podía advertirse que había tenido miles de aventuras apasionantes, y que la vida pueblerina jamás sería suficiente para él. Tommy supuso que Ambrose Spellman era probablemente el tipo más genial que Greendale jamás vería: con razón no podían comprenderlo.

Aquella noche hablaba con Sabrina con una voz profunda y soñadora. Tenía un acento inglés, como Hilda. Habían pasado bastante tiempo en Inglaterra como para haber adoptado el verdadero acento inglés. Tommy jamás había conseguido siquiera un pasaporte, y dudaba de que alguna vez lo hiciera. Pero a veces observaba mapas de tierras extrañas, y se le ocurría que Ambrose Spellman seguramente había ido a todas ellas. El primo de Sabrina gesticulaba al hablar, y llevaba una pulsera... Tommy solo podía imaginar la reacción de su padre si alguna vez él se volvía loco y decidía llevar una pulsera. Pero era evidente que a Ambrose no le importaba lo que nadie pensara.

Le contaba a Sabrina una historia, algo acerca de brujas y magia, bosques profundos y un largo pasado. Hablaba como si fuera realmente cierto, y ella también respondía como si lo fuera. Hilda salió al porche con chocolate caliente para los dos, y también se sumó a la conversación, hablando con naturalidad, como si estuviera acostumbrada a hacerlo hacía mucho tiempo. Era evidente que todos estaban habituados a contarse historias mágicas. Quizás, pensó Tommy, Ambrose fuera escritor, y escribiera libros de fantasía como los que solía leer Martha, su chica. Eso explicaría el estilo de vida bohemio y que anduviera pavoneándose con albornoces de seda. Los escritores eran diferentes al resto de la gente; todo el mundo lo sabía.

La madre de Tommy había muerto cuando él y su hermano eran muy pequeños y ella les contaba historias; él no tenía idea de que la gente se volvía demasiado mayor para los relatos. Los niños huérfanos de madre son presa fácil de las brujas.

Tommy no era desconfiado. Simplemente, le gustaba escuchar la voz del chico, creando un relato mágico para su prima. Sonaba como una familia.

Permaneció allí más de lo que planeaba, tan completamente cautivado que olvidó que espiar no era de buenos vecinos. Se quedó hasta que Sabrina se durmió, apoyando su cabellera dorada sobre el hombro enfundado en seda de su primo, y Ambrose dejó de hablar.

Los insectos volaron hacia el pequeño bulto dormido, Sabrina, que se encontraba hecha un ovillo. Ambrose hizo un gesto altivo con la mano, y los insectos salieron volando: no solo los que había apartado, sino todos los insectos que estaban en el porche desaparecieron en el acto. Como si aquel pequeño gesto protector, que a Tommy le pareció tan dulce, hubiera sido magia real.

Solo permaneció una única luciérnaga. Cuando Ambrose alzó su mano, el diminuto farolillo de la luciérnaga aterrizó sobre su dedo, emitiendo su luz.

—Alumbra los sueños de mi prima —susurró.

Qué palabras tan extrañas y bonitas, pensó Tommy. Qué dulce. No creía una palabra de lo que decía la gente sobre los Spellman. Ni una palabra.

Ambrose también se quedó dormido, su oscura cabeza lánguidamente recostada contra la de Sabrina. Su tía salió al exterior y los cubrió con una manta. No la que era amable, Hilda, sino Zelda Spellman, la que meneaba una boquilla con forma de tridente como si fuera a clavársela a alguien en los ojos. Cubrió a los primos con cuidado, ajustando la manta bajo sus mentones y alrededor de los pies, pero también examinó la oscuridad a su alrededor con una mirada recelosa, y Tommy por fin recordó que debía marcharse.

Se enteró de que Harvey le había mentido. No había ido a casa de los Spellman, porque Susie y Roz tenían clase de teatro, y después de acompañar a Sabrina a casa, había regresado para acompañarlas a ellas. Había chicos en el instituto que eran crueles con Susie, y decían que apenas podía ser considerada una chica. Su padre se reía de ella por el mismo motivo.

—No quería contárselo a papá —confesó Harvey—, y no quería que Sabrina se enterara de que los chicos estaban molestando a Susie y a Roz cuando regresaban de la clase de teatro. ¡Se hubiera vuelto loca, Tommy! Y tiene que volver a su casa, sabes. Su tía

Zelda le enseña latín después del instituto. Sabrina habla latín, ¿puedes creerlo?

El rostro de Harvey irradiaba felicidad cuando hablaba de ella. Creía que podía hacer prácticamente lo que fuera. Por supuesto, esa era la impresión que Sabrina solía dar. Cuando la gente de Greendale cuchicheaba entre sí, decía que era un poco sabihonda. A Tommy no le costaba imaginarla enviando a los estudiantes al diablo por molestar a sus amigos.

Pero Harvey no quería preocuparla, y Tommy dudaba de que su hermano pudiera impedir por sí solo que los chicos molestaran a sus amigos. Consideraba que pelear era horrible, y su hermano artista no soportaba la fealdad.

A Tommy tampoco le agradaba, pero podía soportarlo. Al día siguiente acompañó a Harvey, Roz y Susie a casa, y cuando los demás chicos lo vieron allí, no se atrevieron a acercarse. Por lo menos, su estatus de leyenda de fútbol, aunque menguaba día a día, servía para eso.

—No te preocupes por ellos, Susie —dijo Roz, enfática—. ¡En algunos años, estarás viviendo en una gran ciudad, y esos imbéciles estarán pudriéndose aquí en Greendale como glorias de pueblo olvidadas!

Sus ojos oscuros, tras las enormes gafas, se fijaron en Tommy en cuanto terminó de decirlo. Roz podía usar aquellas gafas enormes, pero no se le escapaba nada.

—No he querido decir...

—Por supuesto que no —dijo Harvey, categórico—. Tommy no es ningún imbécil. ¡Y ha sido una estrella!

Si bien su hermano pequeño podía estar orgulloso en ese momento, quizás algún día se sintiera avergonzado de él. Roz no se equivocaba. El padre de Tommy tenía un álbum de sus propias fotografías, y de las de Tommy, donde aparecía jugando al fútbol, siendo un héroe local que no había llegado a nada. Ahora a nadie le importaban aquellas fotos ajadas, salvo a su padre, y un día no muy lejano ni siquiera estaría él para mirarlas. Resultaba raro saber que sus mejores días hubieran quedado atrás, cuando apenas tenía veintitantos años.

Así eran las cosas. Lo que sí intentaba Tommy era no ser un imbécil.

Cuando iba al instituto, la gente decía que podía tener a la chica que quisiera. No estaba muy seguro de eso, pero un par de animadoras le dejaron claro que estaban disponibles. Aquello no había importado. Tommy había tenido una única novia durante todo el instituto. Había conocido a Martha mientras realizaban un proyecto escolar para conseguir puntos extra, y ella pareció sorprenderse cuando él hizo su parte del trabajo, aunque no tuviera su chispa creativa. A Tommy le gustaba la forma en que su mirada se volvía dulce y soñadora al leer. Supuso que hacer su parte le había subido la puntuación con Martha. Accedió a salir con él cuando la invitó, aunque se sorprendió como otras personas de la escuela, y fueron novios durante tres años. A veces volvía a casa de Tommy y ayudaba con su tarea a Harvey, quien la quería casi tanto como Tommy.

Cuando se graduaron le pidió a Martha que se casara con él. No le sorprendió que lo rechazara. Ambos sabían que ella estaba destinada a cosas más grandes y deslumbrantes que el pequeño anillo de brillantes, que fue todo lo que pudo comprarle, incluso tras hacer más turnos en las minas. Le pidió que conservara el anillo y pensara en él algunas veces cuando estuviera en la gran ciudad. Ella lo conservó, pero no mantuvo el contacto.

Tal vez la respuesta de Martha habría sido otra si hubiera aceptado la beca de fútbol. Le habían ofrecido asistir gratuitamente a una gran universidad. Pensó en aceptarla; Martha creyó que era una locura no hacerlo. Harvey jamás lo habría culpado, pero Tommy se habría culpado a sí mismo.

Cada vez que pensaba en su propio futuro, Tommy se veía regresando para vivir y morir en Greendale. Podía marcharse y simular un tiempo, pero no tenía lo que Martha, Harvey y Sabrina tenían: aquel impulso especial para lanzarse fuera de ese pueblo. Tenía miedo de comprobar lo que ya sabía en su interior: no tenía lo que se necesitaba. Podía lesionarse la rodilla, y todo habría sido en vano, e incluso si no hubiese sucedido...

Marcharse significaba dejar a Harvey solo en casa, con su padre. Era estar a miles de kilómetros de distancia, sin poder recibir los golpes de su padre y el peso de su desilusión con la vida. El espíritu sensible de Harvey quedaría destruido.

—Toma esto —le había dicho su madre en su lecho de muerte, presionando una cruz brillante en sus manos y depositando a Harvey en sus brazos—. Tómalo. Prométeme que cuidarás de tu hermano.

Aunque era joven y estaba asustado, Tommy intentó encarar el momento con dignidad.

—Sí, mamá.

Rechazó la beca universitaria. Se quedó en Greendale, donde pertenecía.

No es que no tuviera sus propios sueños, pero sabía que era mejor así. No quería realmente que Martha se quedara en el pueblo y ver cómo se iba marchitando su mirada como la de su madre. Esperaba que cada cierto tiempo echara un vistazo al anillo y que tuviera un recuerdo dulce de él: un chico de pueblo que la había tratado con amabilidad y sabía lo que valía, mientras que algunos idiotas la ignoraban. Prefería eso a que hubiera permanecido a su lado y el resentimiento se hubiera apoderado de ella.

Era igual con Alison, la chica con el pelo dorado y el abrigo verde que lo sedujo en el bar y hablaba de marcharse juntos a Los Ángeles. No había sido amable como Martha pero, guau, *qué bonita era*, sus ojos brillando como las luces de una ciudad distante. Era dulce sentarse junto a ella en la diminuta habitación de su hotel y hablar y soñar, pero Tommy sabía que no iría a ningún lado. Un día, cuando las fotografías de su álbum se volvieran aún más desgastadas, no sería el chico que una chica bonita había elegido de camino a la salida del pueblo; solo sería uno más entre los chicos buenos del bar, hablando de los buenos tiempos y de los buenos sueños.

Tommy esperaba que Alison hubiese llegado a Los Ángeles y hubiese encontrado todo aquello con lo que soñaba. Jamás sabría que estaba muerta, desaparecida bajo las negras aguas, y que jamás había abandonado el pueblo.

Una vez Tommy intentó hablar con Harvey como había escuchado a Ambrose hablar con Sabrina. Intentó decir, titubeando, algunas frases sobre brujas y dragones, pero en boca de él nada de ello sonaba convincente. Harvey hizo un gesto de gran preocupación. Le pidió a Tommy que no empezara a beber como su padre, y él tragó saliva y juró que no lo haría.

Cuando su padre dijo que los Spellman eran raros, Tommy recordó a Hilda Spellman en las reuniones del instituto, y recordó la noche en la que había oído a Ambrose Spellman contando historias y hablándole a una luciérnaga.

—Creo que los Spellman son gente muy buena —dijo—. Me alegra que Harvey los conozca.

Su padre emitió un gruñido.

—Supongo que es mejor que si Harvey estuviera viendo a la chica Walker o a aquella otra que se comporta como un chico. ¡Eso sería tan malo como si *fuera* de ese modo!

Tommy carraspeó.

—Si Harvey fuera así... —señaló—... no tendría nada de malo.

El rostro su padre se volvió feroz. Blandió el pico hacia abajo y partió una piedra por la mitad.

—Prefiero ver a mi hijo muerto.

Una vez un chico había invitado a Tommy a salir... era un joven rubio que no conocía. Fue cuando estaba en la Librería Cerberus, intentando encontrar un libro de arte que Harvey quería, y el joven se había acercado a él. Obviamente, Tommy dijo que no. Lo rechazó tan amablemente como pudo, incluso mientras miraba a su alrededor, preso del pánico, para ver si podía haberlo escuchado alguien que su padre conociera. No le gustó su aspecto ni nada, pero le impresionó que el chico rubio tuviera el valor para proponérselo. Incluso en Greendale, algunas personas eran valientes. Vivían sus vidas en un pueblo pequeño como si supieran que se terminarían marchando.

Quizás el primo escritor salvaje de Sabrina hablaba a veces con Harvey y le contaba historias maravillosas como si fueran ciertas. Tommy esperaba que lo hiciera.

Si Ambrose lo había hecho, su hermano no lo había mencionado, pero vamos, cada vez que la conversación derivaba hacia los Spellman, solo hablaba de Sabrina. Era prácticamente todo lo que veía, y no era difícil darse cuenta de por qué. Sabrina brillaba, no como las luces de una ciudad, sino como un sol. Tommy se preocupaba por Harvey y sus otros amigos, pero jamás le preocupaba que Sabrina cruzara el bosque caminando.

Alumbra los sueños de mi prima.

Esa chica llevaba el amor de la familia como una llama constante: una luz cálida alrededor de su dorada cabeza que iluminaba un sendero para que sus pies caminaran sin vacilar. Era apenas una niña menuda, pero caminaba erguida y con pasos firmes como su primo, hablaba con la autoridad de Zelda Spellman, y era amable con sus amigos como Hilda Spellman lo había sido con Tommy. Sabrina entraría caminando confiada en la más profunda oscuridad o en la más intrépida aventura. Le hubiera gustado tener esa certeza. Se la daría a Harvey, que no caminaba como lo hacía Sabrina, porque a veces rehuía de la gente como un animal asustado. Pero su hermano siempre caminaba al lado de Sabrina. Tal vez, ella estaría segura de Harvey como lo estaba de la mayoría de las cosas, con la seguridad que nadie había sentido jamás respecto de Tommy. Quizás podía ver en Harvey la grandeza que él era capaz ver. Quizás se lo llevaría con ella adondequiera que fuese.

Era todo lo que Tommy quería. Era lo que intentaba hacer con su vida.

Sintió un golpeteo: su hermanito, llamaba a la puerta abierta de la casa de los Kinkle, intentando llamar la atención de Tommy.

—¿Qué haces, Tommy?

Se encogió de hombros.

—Supongo que soñando despierto.

El rostro tímido de Harvey se iluminó.

—¿Con qué sueñas?

—¿Con qué crees? —Tommy le revolvió el cabello—. Sueño que se cumplan todos tus deseos, rarito.

Harvey sonrió como si su hermano estuviera bromeando.

—¿Quieres ver mi dibujo?

—Claro —respondió—. Veámoslo antes que cuelguen tus dibujos en las galerías de arte. Entro enseguida. Y oye, ¿mañana? Necesitas hablar con tu chica.

Harvey se mordió el labio, asintió y corrió dentro para buscar el dibujo. Estaba radiante de orgullo. No brillaba con la seguridad de Sabrina, pero había una luz allí, aunque palideciera o parpadeara. Era lo más luminoso en la vida de Tommy.

El reverendo Walker preguntaba en sus sermones de sangre, fuego y azufre «¿Qué haríais si cayerais en la Fosa?». La respuesta se le ocurrió a Tommy con la rapidez de un rayo. Si Harvey estuviera en la Fosa con él, haría que subiera a sus hombros lo más rápido posible. Tommy tenía hombros fuertes y manos firmes. Se aseguraría de que Harvey consiguiera escapar.

Escapar de la habitación donde su madre agonizaba, escapar del laberinto de espejos, escapar de las sombras acechantes de Greendale.

«¡Esta es la pelea de sus vidas!», solía decir el entrenador en casi todos los partidos, pero Tommy conocía la verdad en aquel momento y conocía la verdad después también: el fútbol solo era un deporte. En cambio, Harvey, sacar a su hermano pequeño fuera, *era* la pelea de su vida. Hizo todos sus *touchdowns*, recibió todos los golpes.

El abuelo insistía en que tenían que ser cazadores, así que Tommy le enseñó a Harvey a disparar mejor que él mismo, pero no dejaría que lo obligasen a matar. Cuando estuvieran cazando, Tommy levantaría la escopeta y dispararía a los ciervos para que Harvey no tuviera que hacerlo, y siempre les daría entre los ojos. Trabajaba los turnos más largos, en las partes más oscuras y profundas de las minas, intentando que su padre dejara de insistir en que Harvey trabajara un turno. Su hermano no iría hacia abajo. Solo hacia arriba. Él conseguiría que sucediese. Se lo había prometido a su madre. No había fallado jamás. Podía contar con Tommy Kinkle. Todo el mundo lo sabía.

A través de los verdes árboles que rodeaban su pequeña casa verde soplaba un viento ondulante. Sonaba casi como una voz, como la tía Hilda de Sabrina, aquella mujer amable. Era ridículo que alguien pudiera llamarla una bruja.

En una casa donde no hay madre, donde gobierna un hombre frío, es un niño quien paga el precio.

«Seré yo», dijo Tommy Kinkle, soltando la barandilla del porche con un suspiro corto.

Pagaría cada día de su futuro, cada gota de sudor y sangre, cada sueño.

Pero no Harvey. No su hermano pequeño. Era el mejor de su familia, y Tommy lo salvaría.

LA BRUJERÍA EN TUS LABIOS

Cuando desperté era un día gris y opaco. Me arrastré fuera de la cama: los músculos me dolían casi tanto como los ojos. Por la noche me había dormido llorando. El reloj de porcelana indicaba que era demasiado temprano para esas tonterías. Cuando me miré en el espejo, me estremecí y no supe si era porque el marco estaba decorado con rosas pintadas de color blanco o por las sombras profundas bajo mis ojos.

Me regañé a mí misma por ser tan absurda. Luego me puse un vestido rojo y me sujeté el pelo con una cinta negra. Tras mirarme en el espejo, me arranqué la cinta y la arrojé sobre el tocador con un estrépito: giró formando un círculo negro y cayó al suelo. Me quedé quieta, mordiéndome el labio, y me lancé a levantarlo y volver a colocarlo con fuerza sobre la cabeza sin siquiera mirarme en el espejo para ver cómo quedaba.

Bajé por la escalera de un mal humor terrible. La tía Hilda se puso en pie de un salto cuando me vio entrar y soltó su cuchara. Había preparado gachas, pero por el olor y el hilo delgado y triste de humo que salía de la olla, las había quemado.

La tía Zelda desayunaba su cigarrillo habitual en la mesa, pero Ambrose no se encontraba allí. Por lo general, se aseguraba de estar abajo para tomar el desayuno conmigo antes de que me marchara al instituto, incluso si había permanecido despierto con su portátil toda la noche. Jamás había pensado demasiado en ello.

Tomé un cuenco, me dejé caer sobre una silla en frente de la tía Zelda, y mastiqué con resentimiento los trozos carbonizados de mis gachas.

—Has quemado los ojos de tritón, Hilda —señaló críticamente la tía Zelda—. Los ojos de tritón deben estar al dente.

Me atraganté con uno de los… *no, no había ni que pensarlo…* trozos de gachas quemadas, y luego alejé mi cuenco. Me levanté para buscar cereal, pero Ambrose debía haber terminado la caja. Cerré la puerta de la alacena con un golpe sordo.

—Tienes que desayunar algo —me animó la tía Hilda.

—Da igual —dije—. Tía Z, ¿puedo fumar un cigarrillo?

—Por supuesto que no —respondió bruscamente—. Los cigarrillos son extremadamente dañinos para los mortales. En mi caso, no hago más que rendir homenaje a Satán acostumbrándome al humo que, sin duda, acompañará las llamas del infierno.

No parecía cabizbaja como la tía Hilda, pero había fumado alrededor de cinco cigarrillos antes del desayuno. Me pregunté si estaba pensando en que yo deshonraría a la familia.

—No soy una mortal —espeté—, pero supongo que estoy bastante cerca de serlo, ¿verdad?

Aparentemente, mis pulmones cambiarían tras mi bautismo oscuro, al igual que mi blando corazón de mortal.

—No digas esas cosas o te lavaré la boca con agua sagrada —amenazó la tía Zelda.

—¡Hazlo!

—¡No me pongas a prueba! —Apoyó su boquilla con un chasquido decidido—. Esto es absurdo. Iré a buscar a Ambrose para que baje.

—¡No quiero verlo! —llamé a voces tras ella al tiempo que salía con paso altisonante. Me ignoró.

La oímos subir los tramos de escaleras hacia el desván, el tono imperioso de sus órdenes y el furioso murmullo de las respuestas de Ambrose: no bajaría. Vi a la tía Hilda soltando el aliento en un pequeño suspiro de decepción al mismo tiempo que yo.

Al instante, me enfurecí conmigo misma. Ambrose había terminado conmigo, y yo había terminado con él. Eso significaba que ya no se despertaría para desayunar a mi lado antes de marcharme al instituto. Significaba que ya no abriría la puerta de par en par cuando me viera volviendo, antes de que pudiera abrirla yo misma, o que me esperaría en el porche.

Aparté mi silla hacia atrás y me puse de pie.

—Estoy harta de esto.

—¿Qué te parece si subes y hablas con Ambrose, corazón? —sugirió la tía Hilda.

Tomé mi bolso de libros y mi abrigo rojo.

—Yo no quiero hablar con él, y él no quiere hablar conmigo. No podía permanecer en la casa un minuto más.

Las Hermanas Extrañas andaban merodeando justo fuera de los límites de nuestra propiedad. Era todo lo que necesitaba. Sus sombras cayeron sobre mí, encorvando los hombros como si ya hubieran empezado a reírse a costa mía. Parecían una pequeña bandada de cuervos, encaramadas sobre una rama y mofándose de todo aquel que pasara.

—Buenos días, *no* hermana —gritó Prudence.

—¿Qué queréis? —Mi tono era pétreo.

—Solamente quería dejar atrás la peor parte de mi día —respondió—. Vaya, no pareces muy contenta esta mañana. Los mortales creen que las brujas agrían la leche, pero tal vez esa historia empezó por tu cara. ¿Cómo podré aguantarla fastidiando nuestra academia?

La fría brisa de la mañana me entraba en los ojos, haciéndolos llorar. Los sequé con torpeza, con el puño de mi abrigo.

—Tal vez no tengas que averiguarlo —respondí con brusquedad. Me abrí paso a empujones junto a Prudence, y las dejé graznando a mis espaldas—. Tal vez no quiera ir.

Me importaban un comino. No ese día. Podían divertirse atormentando a algún otro.

Doblando el recodo del camino, bajo la bóveda de árboles cuyas copas empezaban a amarillear, me encontré con Harvey, que venía caminando por el sendero hacia mi casa.

Abrió los ojos de par en par, tan sorprendido de verme como yo a él. Llevaba su chaqueta con las solapas forradas en piel de oveja metidas hacia dentro en lugar de hacia fuera, y el pelo aún más alborotado que lo habitual. Aún parecía dormido, y preocupado, y completamente adorable. No podía enfrentarlo en ese momento.

—Hola, Brina. ¿A dónde vas?

Carraspeé.

—Al instituto. Temprano. He pensado en ir temprano al instituto.

—¿No ibas a esperarme? —Harvey deglutió esta información—. Supongo que después de todo estás enfadada conmigo.

—No —susurré—. No estoy enfadada.

No quería que lo pensara. Pero hundió el mentón, aceptando la responsabilidad que no le pertenecía.

—Tienes todo el derecho de estarlo —dijo—. Tommy me dijo que debía hablar contigo. ¿Puedo hacerlo?

—En serio, no estoy enfadada —insistí—. No tienes ninguna necesidad de disculparte. Yo debería ser la que…

—Déjame contarte esto —me interrumpió—. Por favor, Brina. Es importante para mí. No te cuento mucho sobre la vida en mi casa.

Aquello también era culpa mía. Si yo hubiera sido mortal, los dos hubiéramos hablado más de la vida en nuestros hogares. La culpa y el silencio eran como cenizas en mi boca, y lo único que pude hacer fue asentir y dejar que me agarrara la mano y me apartara del camino, de modo que quedamos de pie bajo las hojas doradas, que se inclinaban sobre nosotros, y el cielo gris de aquella hora temprana. Lo único que pude hacer fue escuchar.

—El motivo por el que no te cuento… —Si bien había sido Harvey quien había querido hablar, parecía costarle. Tragó e hizo un esfuerzo por seguir adelante—. No es que no confíe en ti, sino que no me gusta pensar en ello. Cuando estoy en el instituto, cuando estoy contigo, Roz y Susie, puedo fingir que todo está bien; puedo sentirme normal.

Me costó hablar con la boca tan reseca.

—Lo entiendo.

Me dedicó una pequeña sonrisa.

—Odio estar en casa —confesó—. No le gusto a mi padre. Mi abuelo es igual que él, pero peor. Solo hablan de ser mineros y cazadores, hombres fuertes. Creen que solo hay una manera de ser fuerte, y no la mía, y creo que los hace tener ganas de… romperme, para poder rehacerme de una forma diferente, una que les guste más.

La furia se precipitó sobre mí, roja como la sangre. Yo era una bruja y, si cualquiera amenazaba lo que era mío, le acarrearía la ruina.

—No lo dices…

Harvey sacudió la cabeza rápidamente.

—No. Mi padre no me hace daño ni nada. A veces… grita. Tiene mal genio. Pero no es lo que imaginas. Es solo que cuando estoy en casa soy como un desconocido que ha pasado por ahí. Alguien con quien él no tiene nada en común, que no sabe por qué estoy allí y quiere que me marche. No hablo contigo sobre ello porque quiero que creas que soy… más fuerte de lo que soy, y más genial. Mi padre no me quiere. Supongo que tenía miedo de que si lo sabías, entonces el instituto dejaría de ser un escape para mí, y podías empezar a preguntarte los motivos por los cuales me desprecia.

Apreté sus manos.

—No tengo que preguntarme nada. Cualquiera que no te valore es un idiota.

El primer día de clases, había estado muy excitada y muy nerviosa de estar entre los mortales. En aquel momento, todos los demás chicos eran más altos que yo, y Harvey era uno de los más altos. Lo distinguí en seguida. Mientras que yo estaba de puntillas, estirando el cuello para parecer más alta, él se encorvaba, bajaba los hombros y agachaba la cabeza para parecer más bajo. Me abrí paso a empujones por la multitud, fui directo hacia él y le sujeté la mano. Él me dirigió una sonrisa tímida y feliz.

Desde el primer momento, Roz, Susie y él me gustaron mucho, pero quien más me gustó fue Harvey. Y desde el comienzo yo también quería ser quien más le gustara. Había lanzado ese estúpido hechizo porque quería tener esa certeza en mi vida, porque seguía esperando gustarle más que cualquier otra persona.

Siempre lo había apreciado; al menos eso era cierto. Pero no debí haberlo hecho.

—¿Recuerdas a la chica del abrigo verde, la que vimos en el sendero que cruzaba el bosque? —preguntó Harvey—. Estaba mirándola, en realidad.

Asentí porque eso había sido evidente. Había lanzado el hechizo que le había hecho daño porque me sentía insegura de no contar con su atención exclusiva.

—Bromeaste acerca de que la miraba porque era muy guapa —dijo—. Sabía que no te habrías creído que alguna vez podía mirar a otra chica, no de esa manera. Imaginé que sabrías lo que estaba realmente pasando, pero no quería contártelo, igual que no quería contarte sobre lo que sucede en casa. No quería hacerlo más real.

Harvey respiró con profundidad. Lo miré completamente confundida.

—La chica se llamaba Alison —me dijo—. Era una turista que iba de camino a algún lugar más excitante que Greendale. Pero conoció a Tommy en un bar y decidió quedarse. No estaba espiándolos, pero sí los escuché hablar las pocas veces que la trajo a casa. Ella quería que él fuera con ella a Los Ángeles. Hablaba de lo asombrosas que serían sus nuevas vidas.

Hubo un silencio. Creo que podría haber sido capaz de oír una hoja cayendo sobre la hierba que había entre nosotros. Había creído que la situación de la familia de Harvey no podía ser tan complicada como la mía, no cuando su familia era mortal y al menos uno de sus padres estaba vivo. Yo había estado culpando todo al hecho de que mi familia estuviera integrada por brujos. Me había equivocado.

—Sé que a ti y a tu familia no os interesa mucho el fútbol. Sinceramente, tampoco a mí. Pero... hace algunos años Tommy era capitán de los Cuervos del instituto Baxter. Era el *quarterback*, como solía serlo mi padre, aunque dice que Tommy fue mejor de lo que él jamás lo fue. Tenía un verdadero don.

»Siempre estuve seguro de que Tommy conseguiría una beca de fútbol para asistir a una buena universidad y poder marcharse de Greendale. Que tendría un futuro de verdad, algo más importante y mejor que trabajar en las minas de la familia. —Harvey se estremeció levemente al mencionar las minas—. Lo habría echado de menos como el demonio. Es la única persona de mi familia que siento como un familiar de verdad. Mi madre murió cuando era demasiado pequeño como para recordarla adecuadamente. Tommy siempre ha sido todo lo que mi padre y mi abuelo querían que fuera. Pudo haberme ignorado o despreciado como ellos. Pero no lo hizo. Jugaba a la pelota conmigo cuando era un niño, y jamás le importó que no fuera bueno. Me compró mi primer set de lápices y pinturas de colores, y aún me dice que cada dibujo que hago es increíble. Siempre ha sido más grande y más fuerte, y lo ha aprovechado para hacerme sentir seguro. Nadie ha tenido jamás un hermano mejor. Tenía tanto miedo de que me dejara solo…

—Sé que lo quieres de verdad —murmuré.

Harvey vaciló un instante antes de asentir, y se lanzó de lleno en su relato.

—No sé por qué nadie le ha ofrecido a Tommy una beca de fútbol, pero no lo han hecho. No pudo ir a la universidad. Tenía una novia en el instituto que era dulce e inteligente, y sé que la quería muchísimo, pero ella decidió no quedarse en Greendale con él. Se marchó y jamás regresó. Ni siquiera ha vuelto a llamar. Él tuvo que quedarse y vivir en nuestra casa y trabajar en las minas. Sé lo infeliz y lo atrapado que debe sentirse. No sé lo que yo haría si creyera que debo seguir viviendo así para siempre. Jamás se ha quejado. Siempre se comporta como si todo le viniera bien. Pero de pronto estaba saliendo con una chica nueva, y ella era glamurosa y hablaba con Tommy sobre un modo de salir. Creí que lo aceptaría. Sabía que no había motivo para que se quedara.

—Por eso estabas tan callado y triste la semana pasada —murmuré—. Por eso miraste a aquella chica. Porque la conocías.

Había sido una idiota.

El rostro de Harvey era como el cielo: absolutamente franco, incapaz de ocultar su oscuridad o su luz. Era evidente que se sentía abatido.

—Esa chica, Alison, desapareció. Tommy dijo que no se marcharía con ella, así que se fue sin él. Volvió a casa después de encontrarse con ella por última vez, menos de una hora después de que la viéramos en el bosque, y me di cuenta enseguida.

Parecía muy infeliz, y yo estaba furioso conmigo mismo por ser miedoso y tonto. Tiene derecho a su propia vida. Debería ser más feliz de lo que lo es ahora. En cambio, se ha quedado en Greendale, y sé que lo ha hecho por mí. No debió haberlo hecho.

—Es tu hermano —le dije—. Si se ha quedado ha sido porque ha querido. Significa que te quiere mucho.

Casi estaba celosa de ese cariño, como lo había estado antes, teniendo en cuenta la diferencia entre Tommy y Ambrose.

Nos quedamos bajo los árboles del agónico verano con las manos sujetas, palma contra palma. El día anterior las espinas habían despedazado las manos de Harvey, las manos de artista que tanto quería, y había sido por mi culpa. Hoy estaba confesando, como si fuera un pecado, que había estado asustado de perder a su hermano, y me partía el corazón. Lo merecía todo.

Sacudió la cabeza; era evidente que seguía albergando dudas. El viento sopló su pelo despeinado hacia atrás con dedos invisibles como si lo quisiera y anhelara ver su cara con mayor claridad. Jamás se cortaba el pelo con suficiente regularidad, y jamás se me había ocurrido antes de ese momento que no tenía una madre o unas tías para recordárselo. Quería tocarle el pelo yo misma, borrar las líneas de preocupación que se marcaban sobre su frente. Pero no sabía cómo hacerlo conmigo misma, mucho menos a él.

—Tiene sentido que Tommy se quede —insistí—. No puedo entender que tu padre no te valore. Me enfurece mucho que hayas sufrido y no haberlo sabido, y aún no sé cómo podría alguien sentirse decepcionado contigo. Lo que me cuentas de tu padre, lo creo, pero no me cuadra. Pero lo que Tommy siente por ti me cuadra perfectamente.

»Escúchame, Harvey, te preocupaba que, si me enteraba de la situación que estabas viviendo en tu casa, cambiara de opinión sobre ti, pero no lo haré. Nada sobre tu familia, y nada sobre la mía, podría hacerme pensar mal de ti. Nada sobre tu familia o la mía puede hacer que deje de quererte.

Sujeté las solapas de su chaqueta forradas en piel de oveja, y atraje su cabeza encrespada y su boca dulce y sorprendida hacia la mía. Sellé la promesa con un beso.

Cuando me aparté, sus ojos estaban serenos, atrapando la luz dorada como el agua de río.

—Quizás sea por esto que no comprenda la renuencia de Tommy a marcharse. Si tú me pidieras que abandonara Greendale contigo —murmuró—, iría. Te seguiría a cualquier parte.

Una ola de calidez me brotó en el pecho al escuchar sus palabras, y luego se apagó al tiempo que me estremecía ante un recuerdo. Harvey había cantado una canción bajo mi ventana, engalanado nuestro instituto con flores, no para mí sino a causa de mí. Porque había lanzado un conjuro que lo había hecho comportarse de ese modo.

Ha sido el hechizo de tu primo, no el tuyo, susurró la voz del espíritu del pozo de los deseos en mi mente. *Su culpa, no la tuya.*

No debí haber lanzado el hechizo con Ambrose. Si hubiera sido una bruja, hubiera tenido mi propio grimorio y conocería los conjuros. Si hubiera tenido más poder, podría haberme asegurado de no hacerle ningún daño a Harvey. Si hubiera sido más fuerte que mi primo o las Hermanas Extrañas, habría lanzado los hechizos adecuados.

El poder no debía estar solo, en manos de quienes poseían corazones fríos y caprichosos. Si quería una magia mejor, tenía que hacer la magia yo misma.

No quería renunciar a ser una bruja solo porque había algunos brujos malvados. Yo podía ser mejor. No quería renunciar al poder o a hacer que mis tías se sintieran orgullosas, pero tampoco quería renunciar a Harvey, y no lo haría. Podía usar la magia para protegernos a ambos.

Harvey había estado mirando a la chica vestida de verde no porque fuera bonita, sino porque podía llevarse lejos a su adorado hermano mayor. Había estado mirando a las Hermanas Extrañas y a su novio brujo porque creía que eran turistas como la chica vestida de verde, personas capaces de huir fácilmente de Greendale.

—Siento que te hayas hecho daño —le dije—. No dejaré que vuelva a sucederte. De ahora en adelante, te protegeré.

Harvey soltó una pequeña carcajada, mirándome con cariño.

—Me encanta que me quieras proteger. Pero no puedes resguardarme de todo, Brina.

—Claro que puedo. —No hacía falta que él se tomara la promesa en serio. Lo haría yo—. Lo haré.

Jamas dejaria que le volvieran a hacer daño. Desde el comienzo, era evidente que Harvey había sentido cariño por mí y solo por mí, como yo lo había deseado. Si hubiera esperado, si no hubiera lanzado el hechizo con Ambrose, algún día me habría dicho que me amaba, y podría haberle creído.

Ahora jamás lo sabría.

Era por mi propia culpa. Había cometido un error terrible.

Pero sabía cómo arreglarlo.

LO QUE SUCEDE
EN LA OSCURIDAD

Había un sector frío en la habitación de Susie Putnam donde se rompían los espejos. Era un rincón junto a la ventana, orientado hacia la cama. Cuando el espejo no estaba allí, Susie caminaba por ese sitio, y sentía un frío intenso. Como si hubiera un fantasma inclinándose junto a su oreja para susurrarle un secreto, pero ella no soportaba el frío lo suficiente como para permanecer en el sitio y escucharlo.

Susie intentaba recordar dónde estaba el lugar. No podía entender por qué se le olvidaba permanentemente o de dónde procedía el viento, si de una puerta, una ventana o una grieta en algún lugar de los cimientos mismos de su casa. Su padre decía que él ni siquiera sentía el frío. Pero ella estaba segura de que aquel aire glacial no estaba solo en su imaginación. Tenía pruebas. Aquel rincón de su habitación era el mejor lugar para situar un espejo, así que ella lo colocaba allí, pero tras unos meses, semanas o incluso días en aquel rincón, aparecía una fractura muy delgada en el cristal. Como la fractura en el hielo; al principio, era apenas perceptible, luego avanzaba sobre la superficie plateada del espejo y se abría paso hasta convertirse en una herida oscura.

Durante cierto tiempo, Susie había conseguido tener cuidado. Evitaba el rincón y colocaba el espejo en cualquier otro lado.

Pero tarde o temprano, algo salía mal.

A veces, Susie hablaba con el tío Jesse, el de la mirada triste. La gente decía que era «sensible», que «no está bien de la cabeza» y, a veces, incluso, que «no es un hombre de verdad». Otras, perdía los estribos e intentaba darle un cabezazo a algún miembro del equipo de fútbol que se burlaba de ella, o dormía y soñaba con cosas imposibles. En sus sueños, Susie estaba en un lugar diferente a Greendale: en algún lugar elegante como una figura vaporosa de un pasado remoto, o como la imagen resplandeciente de un futuro en el que todo era más claro. En sus sueños había personas que la comprendían y se compadecían de ella, y cuando pasaba los oía murmurar. No estaban riéndose de ella como lo hacía todo el mundo en el instituto salvo sus amigos. La consideraban *guapa*.

—Sé que serás una chica buena —le dijo su padre cuando salió de la casa. Ni siquiera se trataba de una pregunta en su caso (ser buena o ser una chica), y tenía que ser las dos. En la mente de su padre, no tenía otras opciones. Susie sabía que tenía razón.

Por algún motivo, no podía recordar evitar el frío. Tarde o temprano, se olvidaba y volvía a poner el espejo en el rincón más frío de la habitación. Tarde o temprano, despertaba de sueños que eran demasiado tentadores y demasiado aterradores, y tenía que encontrarse con los ojos del reflejo que estaba en la cama. Tarde o temprano, el espejo se rompía.

A veces, Susie pensaba en no evitar el rincón ni en desechar el espejo. A veces, pensaba en acercarse confiadamente, en mirarlo sin temer que la engullera el fallo en el cristal. Ver lo que había que ver.

Hasta ese momento, Susie no lo había hecho.

Los amigos mortales de Sabrina conocían una lección que la bruja mitad mortal desconocía, que aún ignoraba. Habían aprendido a temerse a sí mismos. Comprendían lo suficiente como para tenerle pánico al poder de un espejo.

DESEO CONCEDIDO

El cielo se curvaba por encima, gris perlado, iridiscente y opaco como un espejo empañado. Envié a Harvey al instituto y crucé el bosque, sola, hacia la ribera solitaria donde aguardaba el espíritu del pozo de los deseos.

Una vez allí, le conté cada detalle de lo que había sucedido durante el tiempo transcurrido desde nuestro último encuentro: la cabaña pequeña y acogedora de la señorita Wardwell, las manos de Harvey destruidas por las espinas, el hecho de que Ambrose hubiera dejado de hablar conmigo. Luego me detuve, casi sin aliento. Creí que me ofrecería consuelo como lo había intentado la señorita Wardwell.

Los ojos plateados del espíritu estaban fijos en mí, silenciosos y absortos. Lo único que veía en ellos era el reflejo de mi propio rostro desesperado.

—¿Así que quieres realizar el hechizo ahora?

Respiré hondo.

—Sí, quiero realizar el hechizo ahora.

—Era todo lo que tenías que decir —murmuró.

Era ligeramente desconcertante, pero me di cuenta de que tenía razón. Las palabras no significaban mucho. Si tenía la intención de ser una gran bruja, debía realizar la acción. Asentí.

—Recuerdo el comienzo del conjuro —le dije. Hundí mi mano en el agua opaca, hasta la muñeca, y sentí como el frío penetraba en mi sangre—. *Espejo, espejo, hazme más hermosa, rostro y corazón.*

—Extiende tus manos hacia mí —instó el espíritu—. Acoge el río. Pronuncia las palabras conmigo.

Espejo, espejo, hazme más hermosa.
Rostro y corazón, altera todas las cosas.

Vacilé.

—Pero no quiero que todas las cosas se alteren.

—Solo lo que tú desees —me prometió el espíritu—. Es tu oportunidad.

Extendí las manos para abrazar al espíritu y, al retroceder, mis manos encontraron solo agua. Parecía que desaparecían bajo la superficie, y pensé en Ambrose contando la historia de la chica que no quería tocar nada maligno y había terminado sin manos.

La tía Hilda también me había contado aquella historia. Al final, le habían hecho manos nuevas a la chica, manos de plata. Eran mejores que antes. Yo quería ser más importante, superior, la mejor versión posible de mí misma.

Ya lo vería Ambrose. Ya lo verían todos. Cuando el espíritu empezó a recitar el conjuro, lo recité con ella, pero no iba a decir «altera todas las cosas». Tarareé, en cambio, un vago acuerdo, y pareció funcionar. Nuestras voces fluyeron en conjunto como dos arroyos que se unen para formar un río.

Espejo, espejo, hazme más hermosa
Rostro y corazón, altera todas las cosas.
Hazme todo lo que pueda ser.
La gloria me aguarda, jamás decaigas.
Nunca pienses en contar la pérdida.
Solo mírate en mi espejo.
Confía en que nada se ha extraviado.

Las hojas crepitantes parecían repetir las palabras después de las nuestras, suspirando un estribillo: *extraviado, extraviado, extraviado.*

Una única ondulación, como un temblor, se desplazó sobre la tersa superficie del río. Su plateada extensión reflejaba las nubes que se hallaban suspendidas bien abajo sobre el bosque; la línea trémula rompió el velo. En el espejo del río, una grieta cruzó el firmamento de lado a lado.

La ondulación alcanzó mis muñecas. De pronto, sentí el agua del río quemándome, más fría que el hielo.

Así como el agua podía convertirse en hielo o vapor, sentí que yo me transformaba. No se trataba de la ilusión que me habían mostrado antes. Sentí los huesos derritiéndose como metal, forjados para crear algo nuevo. Oí un crujido junto a mi oído, como el sonido del fuego, y luego vi la catarata plateada sobre mis hombros. El crujido era el sonido de mi propio pelo, creciendo la longitud de años en el espacio de unos breves instantes. Un dolor atroz recorrió los huesos de mis brazos y piernas, y rodé sobre el césped de la orilla, arrojando mis pies dentro del río y dejando que el agua enfriara y aliviara el tormento. El dolor acometió mis sienes, encendió el puente de mi nariz y sacudió mi mandíbula. Saqué las manos del río y hundí mi cara entre mis dedos húmedos.

Cuando alcé el rostro de mis manos ahuecadas, vi que mis dedos habían cambiado: eran largos, delgados y finamente modelados. Hasta las uñas brillaban, como óvalos perfectos, como gemas talladas y pulidas.

Me incliné por encima y contemplé el espejo de las aguas. El cabello me colgaba como una cortina de oro plateado alrededor de los hombros. Tenía los ojos más grandes y límpidos: eran estanques de azul plateado. Toda mi cara tenía una forma diferente, como si hubiera sido tallada de nuevo a partir del hielo. Brillaba de forma preciosa, como si fuera a centellear cuando la luz del sol le diera encima. Parecía una diosa del río, una princesa nacida de la reluciente espuma del mar.

No parecía en absoluto yo misma.

—Espera, no —jadeé—. No quiero esto. Quiero detenerme.

—Oh, querida —murmuró el espíritu, acercando sus labios plateados a mi oreja. Su aliento era frío como un viento de mar—. Ya es demasiado tarde para detenerse. Mírate.

—Es muy bonito, pero...

Intenté sacar los pies del río, pero mis piernas no se movían. Mis tobillos estaban inmovilizados, como si las algas se hubieran enredado en torno a mis piernas.

—¿Ahora te reconocería tu familia? —preguntó el espíritu—. ¿Te vería ese chico mortal que deseas en el rostro de una desconocida? Cuando aquellos que quieres te miraban, veían una colección de rasgos y defectos. Los humanos siempre anhelan ser imposiblemente bellos, y jamás consideran que la belleza también puede cambiarte hasta hacerte irreconocible. No hay vuelta atrás. Solo puedes avanzar hacia delante. Conmigo. Vuelve a poner tus manos en el agua.

Pero yo no había querido ser bella. Había querido transformarme hasta alcanzar la grandeza y jamás consideré siquiera que, si me transformaba, nadie me reconocería.

Me quedé mirando a la chica que refulgía en las aguas. No me habría reconocido ni yo misma.

De pronto, caí en la cuenta, y fue una sensación súbita y glacial. Había transcurrido tanto tiempo dudando, pero ahora estaba segura de nuevo. La voz del espíritu era suave pero implacable. No había intentado ser amable como la señorita Wardwell porque no era amable.

Jamás la había visto salir del pozo. Siempre que me esperaba, se encontraba recostada sobre la ribera, al acecho. Me había *mentido*.

—No eres el espíritu del pozo de los deseos, ¿verdad?

—No. ¿Adivinas quién soy?

Su risa tintineó como campanillas de plata. Cuando sacudió la cabeza, su cabello salió volando en el aire como tentáculos refulgentes atrapados en una corriente. La tía Hilda me había hablado sobre los espíritus de los pozos de los deseos, pero la tía Zelda se había asegurado de que leyera libros sobre magia más oscura. Me había advertido sobre los demonios. En ese instante, recordé aquellas historias. Ahora que estaba atada dentro del río, recordé las ilustraciones de criaturas peligrosas, de las tinieblas que podían habitar bajo las aguas.

—No tengo que adivinar —susurré—. Sé quién eres ahora. Eres una criatura como Melusine, la serpiente demoníaca del río que mataba con un beso. Eres el reflejo de una bruja soberana muerta. Eres una *rusalka* que aguarda en las riberas, te peinas el pelo y cantas, atrayendo a tus víctimas al río para enredar sus pies con las algas que forman tu cabello.

—Siempre canto la misma canción —musitó la *rusalka*—. Ven a mí, mi querida, eres especial, eres la elegida, eres única, tal como todos los demás. Ha funcionado contigo, ¿no es cierto? Siempre funciona.

—Y planeas ahogarme —afirmé—. Como a todos los demás.

Revoloteando sobre mi hombro, el espíritu pasó un dedo frío como una estalactita sobre mi mejilla.

—Bueno, quizás tú seas un poco más especial que otros.

—Si me engañas una vez, la culpa es tuya. Si me engañas dos veces, termino ahogada. No caeré en esa trampa otra vez.

—La última chica tenía el pelo dorado y un abrigo verde —dijo el espíritu, como si soñara—. Le mostré en el río la ilusión de su rostro perfecto, rodeado por luces de ciudad y marquesinas. Extendió las manos ávidamente hacia su muerte, y la ahogué. Así son las cosas para la mayoría de las víctimas. Un asunto menor y sin importancia. ¿Para qué dilapidar más magia en ellos? En realidad, se lo hacen ellos mismos. Se arrojan hacia mí. Solo tengo que atraparlos y arrastrarlos bajo el agua. Pero *tú* eres diferente. He vertido magia dentro de ti; me he vertido a mí misma dentro de ti.

El pelo dorado, el abrigo verde y las luces de las marquesinas, pensé estremeciéndome. La novia de Tommy, Alison, que se había marchado tan repentinamente a Los Ángeles. Al fin y al cabo, no había conseguido salir de Greendale.

—¿Soy diferente como para persuadirte de que me dejes ir?

—Oh, no —dijo la *rusalka*—. No suelto a mis víctimas; las ahogo a todas. Pero las ahogo de modo diferente. Los mortales dicen que las brujas no pueden ahogarse porque pueden hacer pactos con los elementos. Tú eres una bruja, y te daré una opción. ¿Cuál crees que será esa opción?

No tenía que pensar. Ya había contemplado mi nuevo reflejo brillante. Ya me había dicho lo que deseaba.

—Que te viertas dentro de mí.

—Exacto —acordó la *rusalka* con su voz sedosa y plateada—. Tú, el recipiente, y yo, el agua que brilla dentro. Todos tus sueños pueden hacerse realidad finalmente, por el pequeño precio de trabajar conmigo. Saldrás de este claro con mi río corriendo a través de tu torrente sanguíneo. No puedes ir a casa, pero aún hay un lugar para una chica mágica, y tú sabes dónde está. Tú y yo iremos a la Academia de las Artes Ocultas juntas, y todo el mundo quedará deslumbrado por esta bruja rara, con una belleza y un poder irresistibles.

»Acéptalo. La otra opción es ahogarte ahora. Mis algas son más fuertes que cualquier cadena. No puedes escapar de ellas.

Estaría encadenada de todas formas. Sabía muy bien el poco control que tendría con el espíritu pilotando mi cuerpo como un barco sobre sus aguas. Si dejaba que ese demonio me poseyera, mi familia jamás sabría lo que me había sucedido. Creerían que estaba muerta, y sería como si lo estuviera.

Dejé de luchar y de patear. Verifiqué la dureza del agua, como un prisionero condenado a muerte prueba la fuerza de los nudos que lo atan para ver si la cuerda cede un poco. Las aguas eran frías como cadenas, pero sentí que temblaban mientras me movía.

Era más fuerte de lo que ella creía. Aún podía salvarme. Tensé todos mis músculos y mi magia, y me preparé para el impulso de fuerza que necesitaba para huir. Justo antes de moverme, recordé a la novia de Tommy, Alison, aguardando junto a su coche en las afueras del bosque, y lo que la señorita Wardwell me había dicho.

He encontrado a varios jóvenes paseando junto a ese río cuando oscurece... No imagino por qué ese sitio los atrae tanto.

Recordé el rostro preocupado de mi profesora tras sus enormes gafas, y el tibio refugio de su pequeño hogar. Deseaba estar allí en ese momento.

Me pregunté a cuánta gente había salvado la señorita Wardwell del río, sin siquiera saber que los estaba salvando.

Me pregunté a cuántas personas no había conseguido salvar. Nadie sabía que los mortales estaban en peligro y, cuando desaparecían, nadie sabía jamás lo que les había sucedido.

Hasta que llegué yo. Yo lo sabía.

La *rusalka* estaba atrayendo mortales al río para ahogarlos. Seguiría atrayendo a más personas si nadie la detenía, y podía imaginar quiénes podían ser aquellos mortales.

Los recuerdos cayeron sobre mí, densos como las hojas que caen al final del verano. Los ojos desenfocados de Roz al mirarse en el espejo. Susie, evitando deliberadamente su propio reflejo como si fuera un desconocido que no quería ver. Mi Harvey, que de niño había estado aterrado en el laberinto de espejos, creyendo que estaba decepcionando a su padre solo por ser quien era. Cualquiera de ellos aprovecharía la oportunidad para transformarse.

Cuando recordé a la señorita Wardwell refiriéndose a los otros chicos que había encontrado deambulando por la orilla del río, cuando imaginé las víctimas futuras de la *rusalka*, vi los rostros mortales que yo amaba.

Uno de los mortales que quería ya había sido lastimado por mi culpa. Se lo había prometido: nunca más. No huiría para permanecer a salvo y dejar a mis amigos mortales en peligro.

La voz de la *rusalka* era dulce como una canción.

—¿Qué dices? ¿Estás de acuerdo?

—Estoy de acuerdo —respondí. Mi voz empezaba a sonar más como la suya. Se oía el repique de campanillas de plata, débiles pero cada vez más cercanas—. Con una condición: primero quiero ir a casa. Quiero ver desde el exterior el hogar de mi infancia, para poder despedirme de él.

Parecía divertida por la propuesta.

—De acuerdo. Ahora sumérgete bajo el agua e inhálame. Necesitas agua para renacer, como también para morir.

Se alejó de mi lado deslizándose dentro del agua sin siquiera salpicarla.

Sentí el tirón de las algas, enlazándose con fuerza alrededor de mis piernas, arrastrándome hacia abajo. La tierra por debajo se convertía en lodo al tiempo que me deslizaba inexorablemente dentro. Solo tenía un momento.

Ni fuego, ni sol, ni luna me quemará
Ni agua, ni lago, ni océano me ahogará.

Mis dedos trazaron dibujos en el aire, y luego sentí que me tiraban bajo el agua. Creí que el frío gélido me detendría el corazón.

Cuando mis pies tocaron el lecho del río, sentí el crujido de huesos bajo mis zapatos. Abrí los ojos de golpe, y vi la verdad del río en la oscuridad que acechaba bajo las aguas luminosas.

El lecho era de color blanco, con una gruesa capa de huesos que habían sepultado todos los guijarros. Pero entre los cráneos relucientes y los huesos hechos añicos había diferentes fragmentos de mortalidad: un abrigo verde hecho jirones que ondulaba, el triste reflejo de un anillo de brillantes diminuto, un zapato con los cordones desatados que se sacudía con las oscuras corrientes.

Me dejé llevar, ahogándome en el horror. Sufrí un sobresalto cuando un rostro malicioso, transparente como la espuma del mar, avanzó hacia mí con la boca abierta y los dientes afilados brillando en las fauces. Un grito escapó mis labios, una burbuja plateada de silencio que rompería la superficie y jamás llegaría a oídos humanos.

De pronto, mi cuerpo se propulsó a través del agua, esbelto como una foca. No tomé la decisión de salir, pero me encontré abandonando el río. Sobre la orilla, pero no era yo quien me sacaba de allí.

No he olvidado nuestro acuerdo. La voz de la *rusalka* resonó contra los confines de mi cráneo. *Un triste adiós al hogar de tu niñez. Luego tomo posesión completa y nos vamos.*

No habrá agua que me ahogue. Había pronunciado las palabras. Tenía que confiar en mi conjuro, pero era difícil, ya que sentía el puño helado apretando mi corazón, el frío envolviendo mis huesos, el río precipitándose a través de mis venas. Mi vestido rojo, empapado de agua de río, se adhirió a mí como si me hubieran sumergido en sangre.

—No puedo decir que no me advertiste. Ahogas a todos —dije—. Me ahogarás en las recámaras del océano de mi propio corazón, bajo el sonido del viento y el agua. Hasta que esté completamente asfixiada.

Su risa me heló la sangre.

En lo más profundo, quizás te oiga gritar algunas veces.

Mis piernas nuevas y más largas devoraban el suelo del bosque, llevándome cerca de la curva del sendero para poder escudriñar lo que había más allá de los árboles.

El cementerio detrás de la cerca que lo rodeaba, la casa alta con sus imponentes chimeneas, el tejado marcado en punta, y las brujas que la habitaban. Me aferré a una rama, escruté a través de los árboles y observé. *Mi hogar.* Tenía tantas ganas de estar a salvo en casa.

Es hora de marcharnos, susurró la *rusalka* en mi cabeza.

—Sí —respondí—, es hora de marcharnos.

Los ojos me ardían de mirar. Me caían lágrimas, imposiblemente frías cuando siempre habían sido tibias. Luego solté la rama y me arrojé, no dentro del bosque, sino lejos de él.

Hui desbocada por el sendero, corriendo desesperadamente para llegar a mi hogar. Sabía que podía ser inútil. ¿Por qué acogerían a una desconocida?

LO QUE SUCEDE EN LA OSCURIDAD

Ambrose solía sentarse sobre el tejado y alimentar a las aves. Las copas de los árboles susurraban las noticias a las nubes y a las bandadas de pájaros mientras pasaban. Un brujo que estaba confinado a la tierra quería estar con criaturas que volaban. Los brujos no tendían a atraer palomas o azulejos; en cambio, había zopilotes e, incluso, un buitre que giraba alrededor de Ambrose cuando caminaba sobre los tejados inclinados, revoloteando en torno a su cabeza mientras se detenía sobre el borde.

No era como tener un familiar o volver a gozar de la libertad, pero era lo que tenía.

—Deshazte de ese buitre —ordenó la tía Z cuando llegó Sabrina—. Piensa en el bebé.

—Reconcíliate con Sabrina —le dijo esa mañana cuando no quería bajar a desayunar—. Eres mayor y deberías estar a la altura de las circunstancias.

—Y, sin embargo —dijo Ambrose—, jamás lo estoy. Sabrina podría dejar de ser una bruja tan desquiciada.

Permaneció en su habitación, despatarrado sobre su cama, bajo las cortinas drapeadas y los dibujos con luces y sombras, sumido en el malhumor.

Lo que no consideraba Sabrina era el hecho de que no eran la primera familia de Ambrose, o siquiera la segunda. La primera era la familia en la cual había nacido, el padre que había muerto tan joven que él jamás tendría una oportunidad de dejar de ser infantil, deseando la aprobación de su progenitor o temiendo su desaprobación. La decepción de su padre con él era un hecho grabado en piedra, una condena que no podía ser borrada, y lo único que había hecho era estar a la altura de aquel juicio.

Hilda se ocupó de él cuando su padre murió. Con la dulce Hilda vino la severa Zelda, las dos tan inextricablemente unidas que jamás parecían demasiado lejos la una de la otra: dormían en camas gemelas incluso con un océano entre ellas. La tía Hilda arropó a Ambrose con amor, lo consintió y jamás le negó nada.

Pero él siempre quería más y más; era su forma de conseguir menos.

Así encontró a su segunda familia. Se fue a buscar una figura paterna y encontró a un líder, compañeros de armas, y no fue ninguna sorpresa cuando sus compañeros de conspiración lo llevaron a cometer un delito real. No puso en tela de juicio los ideales de aquel grupo ni el ardiente resultado final. Cuando todo salió mal, pensó en un acto de flagrante rebeldía y en la muerte de un mártir.

Siempre había tenido una naturaleza explosiva.

Jamás pensó que un encarcelamiento duraría tanto tiempo. Si hubiera sido un mortal, ya habría muerto en esa casa. A veces creía que su condena era una genialidad: que sabían que el único castigo que no podría soportar sería la monotonía. Día tras día, tras día, se arrastraban ante él, dentro de las paredes de la casa, dentro de los confines de ese terreno. Sería retenido en ese pequeño espacio hasta que su alma se consumiese, y se apagara todo su ardor.

Edward Spellman siempre estaba yendo a diferentes lugares, y Ambrose, siempre permanecía donde estaba. El padre de Sabrina nunca había tenido un concepto demasiado elevado de él o habría intentado ayudarlo. Por eso Ambrose jamás lo había tenido en gran estima, salvo por el interés que podría suscitar cualquier hombre con semejante ascenso y caída: convertirse en Sumo Sacerdote, cambiar las leyes del mundo de los brujos, casarse con una mortal y vivir y morir a una escala épica que Ambrose no podía alcanzar. Si Edward hubiera sobrevivido, Ambrose imaginaba que no habría querido que su hija se vinculara demasiado con él.

No planeaba tener nada que ver con ella. Sabrina era una bebé que había llegado a la residencia de los Spellman y reclamaba demasiada atención de la tía Hilda. Se despertaba gritando a cada hora de la noche, y él no podía abandonar la casa o huir de ella. Pero estaba aburrido, así que jugaba con ella, en parte para divertirla y en parte para divertirse a sí mismo. Sabrina tenía una expresión seria, aún la tenía, pero siempre lograba que sonriera para él.

«No soy más que un juguete para ti», había dicho Sabrina. Quizás tuviera razón. Quizás fuera inteligente, y quizás ahora advirtiera lo que los padres de los dos sabían: que todo lo que Ambrose sería alguna vez era una decepción.

Sabrina era dulce, pero Ambrose no creía que los bebés fueran tan interesantes. No fue entonces cuando lo cautivó. Fue más adelante. De pequeña, con un vestido bordado y zapatos con hebilla. Incluso entonces llevaba un perpetuo fruncido entre las cejas, sintiéndose ya responsable del mundo. Cuando terminaban de jugar, guardaba escrupulosamente sus juguetes en el lugar al que pertenecían, mientras Ambrose los dejaba diseminados por el suelo hasta que alguien tropezaba con ellos.

Hacía magia para ella porque la hacía reír y mirarlo como si fuera una maravilla, y Ambrose era susceptible a los elogios.

Una vez hizo que su caballo balancín echara a galopar a toda velocidad alrededor de la habitación, y Sabrina se cayó y se golpeó su pequeña carita contra la pared.

Se echó a llorar, y Ambrose pasó de estar recostado a alarmarse y ponerse en cuclillas. Estaba a punto de llamar a la tía Hilda o a la tía Z cuando Sabrina salió corriendo a sus brazos. Lloraba como si su corazón estuviera a punto de romperse, cubriendo su bata con lágrimas y mocos, rodeándole el cuello con sus pequeñas manos. Incluso mientras la mecía en sus brazos dándole palmaditas en la espalda, Ambrose echó un vistazo a su alrededor buscando a la persona a la que *debía* acudir, alguien que jamás le habría hecho daño para empezar. Alguien de quien pudiera depender.

—Sabrina, Sabrina. —Su voz sonó impotente contra su cabello dorado—. Estás cometiendo un error. Te has equivocado de persona.

Unos días después se encontraba en el desván preparando un hechizo divertido, cuando oyó a la tía Hilda gritar: «¡Sabrina!». Se encontró a mitad de camino bajando las escaleras, con el corazón martilleando en los oídos y los ingredientes del hechizo abandonados tras él, antes de siquiera saber lo que estaba haciendo. Se trataba de una sensación desconocida: tener miedo y estar enfadado al mismo tiempo ante la idea de que algo pudiera atreverse a tocar un pelo de su dorada cabeza.

Se encontró llamándola *prima*, como si aquello le diera un mayor derecho sobre ella, un derecho a ser parte de su vida cuando no debía serlo. Dejó de pasar tanto tiempo en el tejado, y los pájaros encontraron otro lugar a donde volar.

La tía Hilda sugirió que enviaran a Sabrina al instituto de los mortales, de Greendale, porque ella era mitad mortal y porque su madre, Diana, lo habría querido para ella. Ambrose creía que la madre de Sabrina había sido extraordinaria, no porque Edward la amara, sino porque Hilda la quisiera tanto como para respetar lo que Diana deseaba para su hija tanto como lo que Edward había querido para ella. La tía Z se opuso. ¿Qué podía Sabrina aprender en una escuela terrenal? Ni siquiera enseñaban latín y, salvo que aprendieras latín a los cinco años, jamás lo hablarías con verdadera fluidez.

Ambrose sorprendió a sus tías y a sí mismo entrando en la pelea. Se puso del lado de la tía Hilda y salió victorioso. No quería que Sabrina se quedara atrapada en esa casa como él.

Cuando la niña se marchó al instituto, la echó de menos más de lo que había esperado. El primer día de clases, pasó un largo día en el desván, esperando el sonido de aquellos zapatos con hebilla corriendo por el sendero curvo, pasando delante del camposanto, el árbol retorcido y el letrero amarillo de la casa, subiendo el tramo de escaleras del porche hasta llegar junto a él.

Cuando llegaba a casa, Sabrina se sentaba con él y le contaba sus historias sobre sus amigos, a quienes acababa de conocer pero que ya le eran entrañables: Harvey, Roz, Susie y, nuevamente, Harvey.

Harvey, Harvey, siempre Harvey. Sabrina era una chica decidida y creía que sus decisiones eran correctas. Ambrose siempre había aspirado a la certeza con la que había nacido su prima, aunque jamás había podido alcanzarla. Era la hija de su padre, tanto como él no había conseguido ser el hijo de su padre. Era una de aquellas personas que arreglaba las cosas en un mundo roto. Contemplaba las tempestades y no se amilanaba.

Ambrose era una tempestad confinada a una tetera. Jamás podía cambiar la mente o el corazón de Sabrina cuando ella se decidía por algo.

Si ella se hubiera propuesto ayudarlo, estaba seguro de que hubiera podido hacerlo, pero siempre estaba preocupada por sus amigos. Jamás había visto en Ambrose otra cosa que un prisionero en su propio hogar. Al parecer jamás se le había ocurrido preocuparse por él, y a veces la odiaba por ello.

¿Pero acaso Ambrose era digno de su preocupación?

Había luchado por que ella pudiera salir de la casa e ir al instituto, y luego había sentido celos de que ella pudiera escapar y él no. Si hubiera sido mejor hombre, no hubiera sentido nada de eso. Si hubiera sido tan sabio, mágico y experimentado como fingía serlo para ella, no hubiera cometido los errores que cometía. Sabrina estaba empezando a darse cuenta de lo que él había sabido durante todo ese tiempo: no se podía confiar en Ambrose.

Jamás le habrían interesado las minucias de una vida mortal si no hubiera quedado atrapado allí. Presumía para ella, pero podía ser en beneficio de su propia vanidad.

Esa era su tercera familia, y se suponía que la tercera era la vencida. Los brujos, especialmente Ambrose, creían en esas supersticiones. Pero a veces las supersticiones eran huecas; a veces no eran suficientes. Una familia debía ser algo más que un montón de piezas rotas a las que se había unido a la fuerza para formar un todo, ¿verdad?

Solía creer que él debía tener una familia de verdad. Estaba convencido de que Sabrina debía tenerla.

Hacía tiempo Ambrose se había acostumbrado a oír un par de zapatillas deportivas, arrastrándose en el polvo junto al golpeteo decidido de los zapatos con hebillas de Sabrina. Harvey la había acompañado durante años a casa antes de que fueran novios: el pretendiente fiel. Últimamente, Sabrina incluso lo dejaba entrar cada cierto tiempo y saludar a sus tías o a él mismo.

Una vez, Sabrina y Harvey estaban hablando con la tía Hilda en la cocina, y Ambrose contemplaba fuera de la ventana como solía hacer. Vio a otro chico esperando a Harvey en el exterior; era unos años mayor, con el pelo rizado de color café, apenas un tono diferente del de Harvey. Tommy, el hermano mayor del que hablaba tanto y con tanta devoción.

Sinceramente, Ambrose solo le había echado otro vistazo por lo guapo que era: hombros cuadrados de jugador de fútbol, grandes ojos azules, una cruz que brillaba contra su camisa de franela. Era más su tipo que Harvey, aunque los dos tenían el mismo aspecto de chicos demasiado serios como para prestarles atención. Pero luego la puerta de la casa de los Spellman se abrió, y Harvey salió.

Los ojos de Tommy se iluminaron, y extendió las manos como si fuera lo más fácil, y Harvey se inclinó contra él como si fuera natural. Los hermanos se alejaron juntos por el sendero; Harvey, resguardado bajo la curva protectora del brazo de Tommy. Tocaba a su hermano igual que él tocaba su cruz: con una fe casi despreocupada en algo que siempre estaría allí y que siempre sería más grande que él mismo. El hermano mayor ideal, alguien en quien podía confiar, alguien que daba sin reclamar nada a cambio. Alguien sólido y leal, no totalmente frío y caprichoso.

Ambrose no podía quitarse el pensamiento de encima: era el tipo de persona que Sabrina merecía tener a su lado. Ese era probablemente el tipo de persona que Sabrina *quería* a su lado.

Ambrose jamás sería eso.

En ese momento, a medida que avanzaba la oscuridad, daba vueltas en la cama. Entre él y el cielo había solo un techo, tan cerca y, sin embargo, tan lejos de la libertad.

Ella había nacido para cosas más grandes, había nacido para volar. Siempre se marcharía, como su padre, como su familiar, como sus amigos, como los pájaros. Ambrose siempre la defraudaría. ¿Por qué no ahora, en lugar de más tarde?

Había estado esperando sus pasos durante años: sobre el sendero curvo, pasando por delante del árbol y el camposanto. Conocía el sonido de memoria. En ese momento oía sus pasos. Corría demasiado rápido, casi dando traspiés. Atravesando la noche y volviendo a él.

Sabrina, en apuros.

No importaría si fuera el aquelarre entero, o los sabuesos del infierno, o el mismísimo Satán quien la persiguiera.

Ambrose jamás había creído realmente que pudiera sentirse responsable por alguien.

UNA DURA PRUEBA

Corrí a toda velocidad por el sendero, pasando por delante del camposanto con su pila de tierra recién removida. El polvo se levantaba formando pequeñas nubecillas bajo mis talones, como si la tierra corriera conmigo. Como un río que acude al océano, fui a casa.

La voz de la *rusalka* chillaba a través de mi sangre al advertir que no me dominaba como había creído.

¿Qué haces? ¡Detente!

Nada podría haber hecho que me detuviera. Corría para salvar mi vida.

Veía la puerta delantera de mi casa. Casi había llegado a los escalones del porche, con sus estatuas de ranas, montando guardia.

Una flecha de dolor me recorrió el brazo. Por un instante, creí que había brotado una vena plateada directamente de mi muñeca. El chorro de agua reluciente cayó sobre las escaleras del porche y, tan rápido como una ola sísmica, una enorme tela de araña plateada y reluciente se interpuso en mi camino. No dejé de correr. No podía permitirme parar. Si lo hacía, estaba perdida.

Tras el velo plateado, la puerta de entrada se abrió de golpe con una fuerza demoledora. Alcancé a ver de forma borrosa, como si hubiera un espejo entre nosotros, una bata de seda roja que se arremolinaba, y oí el rugido de un hechizo. Una fisura dentada atravesó la telaraña como si hubiera sido cortada con un cuchillo.

No detuve el paso. Irrumpí a través de los restos de hilos plateados y de hechizos, subí las escaleras a toda velocidad, y encontré un refugio seguro en los brazos de mi primo. Ahora era demasiado alta; teníamos de forma espantosa la misma altura, pero arrojé un brazo desesperado alrededor de su cuello, tomé su bata de terciopelo roja en el puño, apoyando la cabeza sobre su hombro.

—Por favor, Ambrose —sollocé—. Por favor, ayúdame, por favor, reconóceme. Soy Sabrina.

—Lo sé —dijo contra mi pelo, con la voz asombrosamente tranquila—. Llevo años escuchando tus pasos acercándose por el sendero camino a casa. ¿Qué es esa *cosa*?

Me sujetó la cintura con el brazo, con actitud posesiva y protectora, abrazándome con fuerza. Me tragué un último sollozo contra el terciopelo y me giré dentro del contorno de su brazo.

—Es un demonio del río. La conocí el día que fui a buscar la miosotis para nuestro hechizo. Fingió ser un espíritu del pozo de los deseos, y pedí un deseo.

—¿Está poseyéndote? —reclamó.

—Aún no. Lancé un hechizo para asegurarme de que no pudiera ahogarme, pero ella… me ha hecho esto, y está matando a mortales… seguirá haciéndolo…

—No, no lo hará. —Ambrose tenía el gesto duro.

Los jirones de la tela de araña que colgaban y revoloteaban cobraron vida. Diminutos hilos plateados se volvieron a unir, creando una masa plateada que adoptaba una forma nueva. Mi primo y yo nos quedamos juntos sobre el porche, preparados para encarar cualquier aspecto que la criatura adoptara.

Una voz resonó a través de la puerta abierta.

—Ambrose, ¿es necesario que beses a cualquier mujerzuela en nuestro porche? —preguntó la tía Zelda con cierta irritación.

Salió al exterior, impecable en un traje de lana azul verdoso, encaje recargado y tacones. Aparentemente, estaba demasiado concentrada en mujerzuelas para reparar en hechizos, telas de araña y lágrimas.

—¡Sí, es necesario! —declaró—. ¡Es mi derecho! Pero da la casualidad de que esta mujerzuela en particular es Sabrina.

La tía Zelda entornó los ojos para mirarme. Su mirada me recorrió desde la cara hasta la cinta para el pelo.

—Así es. Perdóname, querida. ¿Qué es eso tan horrendo que te ha ocurrido?

Ambrose respondió por mí.

—Entró al bosque para buscar unos ingredientes que le pedí para un hechizo, se topó con lo que creyó que era un espíritu del pozo de los deseos, pidió un deseo y el demonio disfrazado le ha dado una paliza.

Ella emitió un gruñido de desaprobación.

—Así que esto es por tu culpa.

—Sí —dijo Ambrose.

—No —contesté al mismo tiempo—. Es todo culpa mía. Pero... ¡cuidado! —El espíritu del río borboteaba iracundo y adoptó una nueva forma retorcida, mitad pantera plateada, mitad tormenta envolvente, que avanzaba hacia nosotros.

—¿Cómo te atreves? ¡Este es territorio de los Spellman! —Tía Zelda espetó un conjuro.

La *rusalka* tembló, triturándose de abajo hacia arriba. Sus tentáculos desgarrados se retorcieron. Grité. El dolor me aflojó las rodillas, pero el brazo de Ambrose era una barra de hierro. Me sostenía en pie. No dejaría que me cayera.

—Son mis palabras las que pronunció. Está unida a mí —anunció el espíritu—. Dádmela o matadla con vuestros conjuros.

Durante toda mi vida me había dicho que la magia podía arreglar lo que fuera.

Ambrose hizo una mueca.

—La magia no funcionará. No podemos eliminarla sin eliminar a Sabrina con ella, salvo que antes sea derrotada. ¡Oye, demonio del río! Te desafío a un juego de *Scrabble*.

Su voz era ligera y juguetona, pero podía sentir la fuerte tensión del brazo que me sujetaba, y oír el furioso martilleo de su corazón.

—Será mejor que esperes a que el demonio no advierta que haces trampa para conseguir la palabra con triple puntuación —masculló. Ambrose se rio. Entonces comprendí, por primera vez, cómo mi primo vivía su vida: la risa era un escudo contra el dolor y el temor.

—¿Cómo peleamos sin magia? —reclamó la tía Zelda.

—¿Cómo combaten la magia los cazadores de brujas? —preguntó Ambrose—. Con sus cuchillos y armas.

Escuché a través de la agonía atenuada a la tía Zelda pronunciando las palabras temidas:

—Dime si esto duele, cariño.

Extrajo su reluciente boquilla de la solapa de su chaqueta de lana, y la clavó con violencia en el demonio del río, con los extremos diminutos y afilados de la horquilla.

—¡No! —grité entre dientes—. No duele.

—Mi agradecimiento a nuestro implacable Señor Oscuro —asintió la tía Zelda—. Ambrose, ¿no tienes una espada por casualidad?

—Oh, no —observó Ambrose—. Creo que dejé la espada en el bolsillo de mi otra bata.

Parecía improbable que ella consiguiera derrotar a un demonio del río con su boquilla, aunque si había alguien que podía hacerlo, era ella. Miré a mi alrededor buscando un arma y vi que Ambrose y la tía Zelda también echaban un vistazo al entorno. No sabía si había tiempo para que uno de nosotros corriera hacia el interior y se apoderara de algo, pero teníamos que intentarlo. Solté los dedos de donde los tenía torcidos alrededor de la bata de mi primo.

—Suéltame —susurré.

—No está en mis planes hacerlo, Sabrina —respondió, con firmeza.

La *rusalka* se preparaba para otra ronda: aunque esta vez no me pareció que fuera a atacar a mi tía o mi primo. El mercurio resplandeciente de su cuerpo cobró otra forma: una chica alta con pelo largo. Venía hacia mí, para tomar posesión.

La tía Zelda se colocó delante de mí. Ambrose se volvió, apoyando su hombro contra los míos, empleando su cuerpo como un escudo.

El espíritu se deshizo de pronto, formando un charco de plata, y fue consumiéndose poco a poco, revelando a la tía Hilda, su pelo y su vestido enlodados con la tierra de la tumba. Bajó la pala que tenía entre las manos.

—Qué suerte que me has matado antes, Zelda —dijo, sin aliento—. Siempre espero que no dejes la pala con la que me entierras tumbada sobre la tierra, pero supongo que eso también ha servido. ¡Sabrina, cariño! ¿Qué le ha hecho esa criatura a tu cara bonita?

—Rápido, tenemos que detenerla —dije.

Enlacé mis dedos con los de Ambrose y lo hice descender los escalones del porche, pasando junto a nuestras pequeñas estatuas de rana montando guardia, rodeando el charco de mercurio, hasta detenernos junto a la tía Hilda. Ella también aferró mi mano. Extendió la suya cubierta de lodo para sujetar la de tía Zelda, y ella tomó también la mano libre de Ambrose.

—No has hecho un trato real conmigo, demonio —expliqué—. Y yo no he hecho uno contigo. No he dicho «todas las cosas altera», porque jamás he querido alterarme por completo. Me quiero demasiado para eso.

—Cariño… —El charco se transformó en una niña pequeña, casi un espectro. Se reía—. Si te quieres tanto, déjame hacer un nuevo trato contigo. Si te reconoces, dejaré que te quedes contigo misma. Si no te reconoces, seré yo quien me quede contigo.

Mis tías y Ambrose empezaron a protestar. Los callé con un grito.

—Trato hecho.

El agua plateada dibujó imágenes en el cielo, más hermosas que los dibujos de Harvey. Una mostraba a una reina de las brujas sobre un trono; otra, a una chica entre los brazos de su amado. Otra mostraba a una pequeña tomada de ambas manos por su madre y su padre. Otra, a una chica con las tías y su primo riéndose con despreocupación; otra, a una chica con sus amigos, cuchicheando secretos.

—¿Cuál de todas eres tú? —preguntó el demonio del río—. *¿Cuál?*

Miré a todas esas princesas exquisitas en el aire. Quería extender la mano y tomar todas las imágenes perfectas.

En cambio, me llevé las manos unidas con las de Ambrose al pecho. Señalé mi propio corazón defectuoso, que palpitaba arrebatado.

—Esta —dije.

Las imágenes plateadas se disolvieron. Solo quedó el charco a nuestros pies. Tenía las piernas demasiado largas, la cara parecía inadecuada, pero todo rastro del espíritu había desaparecido de mis venas. Ahora no podía hacerme daño.

Nos quedamos conectados en un círculo alrededor de nuestra enemiga.

Las brujas Spellman, sobre el suelo Spellman.

—Haz los honores, Sabrina —sugirió la tía Zelda.

Ambrose susurró las palabras en mi oído. Avancé solo un paso, de modo que nuestro círculo permaneciera intacto, y lancé las palabras del hechizo hacia el cielo:

Tierra y aire, fuego y agua.
Soy tu hija.
Castiga a mis enemigos por sus pecados.
Haz que los cuatro vientos los despedacen,
los entierren, los quemen, y luego
no vuelvan nunca más.

La *rusalka* emitió un gemido agudo y aflautado, como el sonido del agua en una tetera a punto de hervir. El charco plateado empezó a evaporarse y a desaparecer de nuestro suelo, elevándose como una voluta espesa y gris, más densa que el vapor. Era como el humo que sube en espiral de la llama de una única vela de gran tamaño.

—Vamos, cariño —susurró la tía Hilda—. Es casi tu cumpleaños, después de todo.

Inhalé una bocanada de aire, vacilé y soplé lo que quedaba del demonio del río para que lo arrastraran los cuatro vientos.

Observamos el humo disipándose y casi esfumándose. Las últimas partículas grises flotaron sobre las copas de los árboles, alejándose de nuestro bosque, y lejos, muy lejos de nuestra casa.

—Ya está —dijo la tía Zelda, guardando la boquilla—. En breve, hablaremos seriamente sobre los demonios del río, Sabrina, pero por ahora déjame reunir lo que necesitaremos para quitarte de encima ese horrible hechizo que ha lanzado el demonio y vuelvas a la normalidad.

—Necesito asearme —dijo la tía Hilda con una mueca—. Es terrible cómo la tierra de una tumba se mete en tus orejas.

Subió los escalones del porche, seguida de la tía Zelda.

—Un momento, tías —llamó Ambrose a voces—. No nos demos tanta prisa. La nariz nueva es genial. Prima, ¿quieres pensar si la conservas?

Fingió atrapar mi nariz entre los dedos.

Reí, sacudiendo la cabeza.

—Me gusta mi propia nariz.

—Sí, supongo que sí —admitió.

La puerta de entrada se cerró tras mis tías, dejándome junto a mi primo, solos, delante de nuestra casa. Había corrido hacia Ambrose, aferrándome a él y peleando a su lado, y durante aquel tiempo había olvidado nuestra amarga discusión. De pronto, la recordé.

Miré el suelo donde la *rusalka* había estado parada antes de hacerse humo.

—Gracias. Sé que debes estar enfadado conmigo después de lo de anoche, así que... gracias.

—¿Creíste que te dejaría poseída por un demonio del río porque hemos tenido una pequeña riña? —preguntó apaciblemente—. Parece una reacción exagerada.

Alcé el mentón y lo miré a los ojos. No giraban blancos de furia como la noche anterior ni oscuros de ira y desconfianza. Su mirada parecía ahora una pregunta.

Así que le respondí.

—No, no lo he creído ni por un minuto. He estado teniendo todo tipo de dudas estúpidas, pero cuando me encontré aterrada en el bosque sabía que, si podía llegar a casa contigo, estaría a salvo. Me doy cuenta de que esto es una prisión para ti, pero para mí es un hogar, porque aquí es donde estáis tú y mis tías. Me enfadé porque quería que también fuera un hogar para ti, pero me esforzaré más por comprender cómo te sientes. No puedo imaginar lo que es estar atrapado en una prisión.

No sabía bien qué más decir y podía escuchar a la tía Zelda llamándome. Así que asentí con torpeza, y subí los escalones del porche que me conducían a casa.

La voz reflexiva de Ambrose me alcanzó y me retuvo sobre los escalones.

—¿Puedes imaginar lo que es estar en una prisión, encerrado en la oscuridad, y encontrar una ventanilla? Solo una pequeña ventanilla, pero a través de la cual entra la luz.

Sacudí la cabeza, extrañada. No sabía bien adónde quería llegar.

Ambrose miró hacia donde estaba y luego subió las escaleras para reunirse conmigo. Su bata roja revoloteaba tras él con cada zancada dramática. El rostro alegre y pícaro de mi primo se encontraba serio. Hizo una breve pausa sobre el escalón junto a mí, y habló con los ojos fijos en la puerta de entrada, sin mirar hacia donde yo estaba.

—No es cierto que tú no seas nada para mí; tampoco eres un juguete. Pero me acostumbré a pensar en ti como una niña. Quería consentirte, pero debí aspirar a que me comprendieras. Lo siento por ello.

Empezó a subir las escaleras en cuanto terminó de decirlo, para que no pudiera responderle. Solo podía seguirlo.

Antes de entrar en la casa, mi primo se detuvo una vez más. Extendió la mano, algo inusual en él, y con un dedo ligero sobre mi mandíbula me inclinó el mentón y miró mi extraño rostro nuevo como si supiera siempre exactamente quién era.

—Tú eres la luz en mi prisión —dijo—. El hechizo de Harvey no es lo que piensas.

LO QUE SUCEDE EN LA OSCURIDAD

Los muros de piedra resonaban con una canción de bruja. El padre Blackwood, Sumo Sacerdote de la Iglesia de la Noche, Faustus para sus íntimos, asentía mientras la bruja huérfana Prudence practicaba para el coro infernal.

> *Cuando Satán viene con truenos y lamentaciones*
> *y ahoga al mundo en sangre, ¡qué gozo llenará*
> *mi corazón!*
> *Entonces me inclinaré con fervor altivo*
> *y proclamaré, Señor Oscuro, ¡qué grande eres!*

El padre Blackwood aplaudió.

—Excelente, Prudence, excelente.

En la recámara de piedra, entre las velas apagadas, el rostro inusualmente agraciado de Prudence brilló esperanzado.

—Gracias, padre. ¿Cree... cree que a Lady Blackwood le gustará esta canción?

—Estoy seguro de que sí —mintió el padre—, e incluso si no le gusta, seguirás intentándolo, ¿verdad?

Prudence asintió.

—Por supuesto, padre Blackwood.

El padre le guiñó el ojo, dándole una palmadita sobre el brazo. Al hacerlo, advirtió que podría afilarse las uñas; era importante tener amor propio.

—Sabía que lo harías.

Se alejó de ella a grandes pasos por los pasillos de piedra de la Academia de las Artes Ocultas mientras Prudence lo seguía con la vista, con lo que el padre reconocía como temor reverencial. La mayoría de sus estudiantes lo miraban de ese modo.

Prudence lo admiraba como si fuera su padre, al igual que todos los estudiantes. Por supuesto, ella *era* realmente su hija, pero aquello no tenía importancia. No era como si fuera su hijo ni como si su madre fuera su esposa. La madre de Prudence había sido una mujer débil, y la hija que había dejado atrás era igual. Ella no lo sabía, y era mejor que fuera así.

Era mejor que Prudence continuase ignorando la verdad, desviviéndose por conseguir aprobación más que esperando afecto. Mucho mejor tener a su esposa, Constance, temiendo esa verdad, y odiar a Prudence a causa de ella en lugar de a él. Las canciones de la chica siempre evocarían el miedo y las campanas fúnebres para Constance, por mucho que Prudence cantara hasta que su garganta sangrase intentando complacerla.

Toda la situación era ideal. El libro *El martillo de la bruja* tenía razón respecto de algunas cosas: era peligroso cuando una mujer pensaba sola. Una vez que se la llenaba de dudas, podía resultar útil.

La certeza era el territorio de los hombres. El padre Blackwood estaba seguro de ello.

De todos modos, consideraba que Prudence era una de sus mejores estudiantes de la Academia (entre las brujas, quienes naturalmente siempre tendrían menor valor que los brujos). Prudence era hermosa, cruel, orgullosa y poderosa: Blackwood suponía que debía ser su propia sangre la que se manifestaba en ella. Le gustaba una mujer con espíritu, si ese espíritu podía ser quebrantado por él mismo después.

Se detuvo junto a otro estudiante mientras hacía sus rondas; se encontraba entre los libros prohibidos.

—Ah, Nicholas —dijo con indulgencia—, ¿estudiando mucho?

Nick tenía un armario en el que había dispuesto velas negras y pilas de libros que los demás estudiantes no se atrevían a tocar. Había un calendario situado allí, con cruces negras que marcaban los días hasta Halloween. Nick Scratch era un estudiante prometedor, consideraba el padre Blackwood, pero su mayor defecto radicaba en el hecho de que quizás fuera demasiado inteligente. El chico siempre estaba estudiando los libros antiguos de Edward Spellman o deambulando por la tierra como alguna vez lo había hecho el brujo Caín. Los libros y los viajes conducían a preguntas, y eso solo podía conducir a cuestionar órdenes.

Nick lo ignoró, inclinando la oscura cabeza sobre su libro. El padre Blackwood miró por encima de su hombro y alcanzó a ver las palabras: *Todos los días son cual noches para mí hasta no verte.*

—Nicholas —dijo con un tono de consternación horrorizada—, ¿estás leyendo *poesía romántica*?

—Es Shakespeare —respondió con aspereza.

—Qué nombre interesante, pero no creo que conozca... —El padre Blackwood se detuvo, atribulado por un pensamiento terrible—. ¿Estás leyendo un libro escrito por un *mortal*? Acerca de... acerca de... no puedo ni nombrarlo. ¡Cómo te atreves a traer basura como esta a mi escuela! ¿Qué sucedería si uno de los niños menores, que Satán no lo quiera, se apoderara de esto?

Chasqueó los dedos. El libro en las manos de Nick estalló en llamas naranjas y púrpuras que ardieron sobre la página blanca y las palabras negras. Una lengua de fuego color escarlata lamió la palma del chico.

Nick saltó de su asiento. El padre Blackwood no era tan ingenuo como para pensar que el muchacho estaba reaccionando a algo, en el fondo tan trivial, como el sufrimiento físico. Nicholas no era uno de los estudiantes débiles que habrían muerto rogando cosas absurdas como la piedad o el fin de su agonía. Las almas blandas quedaban aplastadas por el peso de la Academia.

La cara de Nick estaba inmóvil, endurecida como la piedra de la estatua de su Señor Oscuro. En el iris de un ojo negro parpadeaba una llama que ardía de un rojo más oscuro que la sangre, un reflejo del infierno.

Oh, cómo le gustaba al padre Blackwood un arranque de ira verdaderamente pecaminosa. Nick era un estudiante *muy* prometedor.

Tras un instante de furia contenida, el padre Blackwood cedió.

—Esto se ha acabado. No hablaremos más de ello. No leerás más basura, ¿de acuerdo? Lee algo educativo sobre la magia y el asesinato. Como un chico malo de verdad. O ve a hacer entrar en razón a tus compañeros brujos. Pasas demasiado tiempo rodeado de brujas. Entiendo el atractivo de la carne impúdica y voluptuosa tan bien como cualquier otro brujo, pero la vida no es solo carnalidad depravada, ¿verdad?

—Verdad —dijo Nick.

Animado por esta señal de sometimiento, el padre Blackwood le dio una palmada en la espalda.

—Una verdadera pena.

Se giró sacudiendo la capa y dejó atrás a todos sus estudiantes prometedores y no tan prometedores, mientras avanzaba dando zancadas a través de los pasillos de fantasmas, magia y monumentos al mal que él gobernaba, abriéndose paso hacia sus habitaciones privadas.

Una vez dentro de su santuario profano más íntimo, sus fosas nasales se ensancharon y giraron en círculo con cautela. Por un instante todo era como debía ser: las cortinas de terciopelo rojo, las lámparas con pantallas negras, las estanterías llenas de grimorios, un cocodrilo elegante que colgaba del techo, una hoguera que prácticamente se abalanzaba dentro de la habitación desde los confines de una chimenea alta y estrecha. Después, su ojo advirtió las serpentinas de llamas naranjas reflejadas sobre una superficie plateada.

Ante su fuego ardiente se refugiaba medroso un espíritu del río disminuido. Estaba en un estado lamentable: como un junco de plata quebrado.

—¿Y *tú* qué tienes que decir en tu defensa? —reclamó el padre Blackwood.

Ella se encogió ante él, pero aquello no aplacó en absoluto su ira.

—¡Tenías una misión! ¡Corromper y tomar posesión! Ese es justamente el propósito de los demonios. Las señales y los presagios del Señor Oscuro han sido muy claros. —El padre suspiró—. Esa chica mitad mortal es importante. Podría haberla tenido completamente en mi poder y usarla para conseguir la gloria de los brujos leales a la Iglesia de la Noche. Pero has fracasado catastróficamente en poseer a Sabrina, y has destruido todos mis planes.

—Te ruego que me perdones —balbuceó el demonio del río—. Me arrojo a tus pies.

—¿Y qué gano con eso? Es posible que el Señor Oscuro envíe incluso a alguien más a lo que debería ser mi dominio, para asegurarse de conseguir a Sabrina. Se trata de una perspectiva aterradora. —El padre Blackwood se estremeció.

No le hacía demasiada gracia la idea de una chica importante. Le gustaba la idea de que esta bruja de sangre mestiza llegara a la Academia siendo ya su criatura, una hermosa doncella maligna sin voluntad propia. Había imaginado un instrumento preparado en sus manos. Ahora llegaría en Halloween, ¿y quién sabe qué ideas podía tener en su cabeza y qué problemas causaría?

Afortunadamente, había posibilidad de llevar a cabo otros planes. Él era un conspirador perfecto.

—Sin embargo, no todo está perdido —musitó Faustus Blackwood—. Aún está Zelda Spellman, una gran admiradora. Una mujer astuta, pero como todas las mujeres, necesita la tutela de los hombres. Es una fiel asistente a las celebraciones de la Iglesia de la Noche, y está claramente preocupada por su sobrina rebelde con sangre impura, como corresponde que lo esté. Zelda es una devota sierva de Satán, y tiene gran respeto por mí. Sin duda, la mejor manera es insinuarle al oído que la cabeza de la Iglesia de la Noche espera, lista para ayudarla con sus problemas familiares. Imagino que llorará de gratitud, besará mis pies y me entregará a la sobrina en una bandeja de plata con un sabroso aderezo.

Asintió para sí, satisfecho.

—El primo, Ambrose Spellman, también puede resultar útil —decidió—. Francamente, el castigo por su indiscreción juvenil ya ha demorado demasiado. ¿Qué brujo intrépido no ha considerado, al menos alguna vez, hacer volar por los aires varios lugares sagrados? Ambrose ha demostrado una lealtad admirable hacia sus cómplices al no entregarlos, y veo un camino libre para ganarme esa lealtad para mí mismo. Estoy seguro de que está desesperado por escapar de esa casa de mujeres. La desesperación es un gran motivador. Estaría profundamente agradecido, imagino, al benefactor que pueda concederle la libertad. Oh, sí, aún quedan esperanzas. Coacción, seducción, soborno... las posibilidades para la familia Spellman son infinitas.

Se frotó las manos. El anillo de rubí emitió destellos de luz.

—¿A quién seduciré? —preguntó la *rusalka*.

—¡Nadie te ha pedido que seduzcas a nadie! —espetó Blackwood—. Soy yo quien planea acometer las tareas de seducción. ¿Acaso dudas de mis encantos?

—¡En absoluto, amo! —respondió con rapidez el espíritu—. Estoy segura de que puede ser muy seductor. ¿A quién planea seducir?

—A quien parezca el más útil.

Zelda era su preferida. El padre Blackwood tenía muchas dudas respecto de Hilda. Una vez le había preguntado qué pensaba sobre la carnalidad desbocada, y ella había respondido que no le gustaba andar a caballo. ¿Qué tipo de bruja prefería preparar miel a hacer el amor? Era apenas decente.

—Sí, amo —susurró el espíritu—. ¿Cómo puedo ayudarlo con sus planes?

El padre Blackwood alzó una ceja.

—¿Tú? Oh, me temo que ya no me sirves en absoluto.

No tuvo siquiera la posibilidad de gimotear antes de sujetarla de la garganta, susurrando magia negra en su oído mientras ella gritaba y forcejeaba. El dolor se transformó en agonía; las súplicas que imploraban misericordia, en otras que imploraban el fin, hasta que el demonio del río terminó como una mancha plateada sobre el tacón de su brillante bota de cuero negra.

Cuando Sabrina acudiera a la Academia de las Artes Ocultas, Faustus Blackwood también tenía intención de aplastarla bajo su tacón. La mitad bruja no tenía ni idea de lo que le esperaba el día de Halloween.

COMIENZA EL DESCENSO

A la mañana siguiente, le pedí a Harvey que se encontrara conmigo en el bosque bien temprano. Le dije que tenía que confesarle algo. Me levanté antes del amanecer, y desde la ventana de mi habitación observé el cielo y las copas de los árboles mutar del gris al verde, y después al oro puro. Ajusté mi corto pelo rubio con una cinta negra, deslicé una chaqueta de lana blanca y negra, me puse mi abrigo rojo y salí de casa silbando.

En la orilla de nuestra propiedad esperaba una bruja alta, recostada contra un árbol, con vestimenta deportiva cerrada con cremallera, en lugar del habitual vestido oscuro y remilgado. Aún más raro, estaba sola.

—Pareces satisfecha contigo misma —señaló Prudence, con desagrado—. Así que supongo que lo que fuera que te molestaba está resuelto. Creí que esta vez realmente estarías en problemas. Todo te sale muy bien, ¿no es cierto, Sabrina?

—Yo no diría eso. Y como compañera del mundo de la magia, ¿no deberíamos abstenernos de acusarnos mutuamente? No hace falta empezar con las acusaciones del tipo: *Te he visto con el demonio*, como en los juicios de Salem.

—¿Qué? —preguntó Prudence—. ¿Quién dices que tuvo el gran honor de estar con el Señor Oscuro?

Suspiré.

—Olvídalo. No estoy en apuros. Gracias por preocuparte.

Prudence soltó una carcajada burlona.

—Qué lástima. Esperaba que algo impidiera que entraras en la Academia de las Artes Ocultas, pero veo que solo tendré que aplastarte, en todos los sentidos de la palabra, una vez que estés allí.

Sacudió su arrogante cabeza. Era extraño ver a Prudence sin sus hermanas, y menos elegante que lo habitual. Había venido hasta allí temprano, sola. *Quizás*, pensé por un momento absurdo, *realmente había sentido algo parecido a la preocupación*.

Me acerqué y apoyé la mano sobre su brazo.

—No hace falta que sea una competición.

Prudence apartó mi mano de un empellón.

—Todo tiene que ser una competición, para que pueda ganar.

Bien, lo había intentado. Suspiré y encogí los hombros, dejándola de pie, sola, bajo el árbol.

Me abrí paso hacia las profundidades del bosque, al lugar en donde Harvey me había pedido que nos encontráramos.

Había preguntado: «¿Te acuerdas del pozo de los deseos que encontramos el año pasado?», y le resultó raro que soltara una carcajada. Me esperaba en el claro adonde yo había acudido el día anterior para cerrar un trato.

Harvey no se encontraba junto a la serpentina plateada del río silencioso. Se hallaba junto al pozo. Tenía las manos en los bolsillos, la cabeza ligeramente inclinada y los hombros levemente curvados hacia dentro. Cuando me oyó, levantó el mentón y enderezó la columna vertebral. Aunque habíamos quedado allí, sonrió como si fuera una sorpresa maravillosa.

Me pregunté por un instante lo que habría pensado si me hubiera visto como estaba antes.

No creía que me hubiera mirado así, y no quería que me mirara jamás de ninguna otra forma.

—Brina. —Harvey sonrió y extendió su mano para sujetar la mía.

No la agarré. En cambio, bajé la mirada hacia la hierba alta y las piedras sueltas alrededor del pozo. Si lo miraba demasiado tiempo, si pensaba en las ganas que tenía de no perderlo, era posible que no le dijera lo que tenía que decirle.

—Déjame decirte esto de una vez antes que pierda las agallas. No tenía ni idea de que la chica de verde era la novia de Tommy —solté bruscamente—. No sabía que algo había estado molestándote. *De hecho,* pensé que la mirabas porque era preciosa y elegante. Y al día siguiente, creí que mirabas a ese grupo de brujas porque eran todas muy guapas.

—Eh —dijo Harvey—, uno de ellos era un chico. ¿Y por qué llamas brujas a personas que no conocemos? Estoy seguro de que eran amables.

—Claro —dije con un suspiro—. Estaba celosa y fui una estúpida. Pensé e hice cosas estúpidas y celosas. Lo siento, Harvey. No pensé en ti, en absoluto. Estaba distraída pensando en que todo cambiaría cuando cumpliera dieciséis años. Sé que no estamos saliendo oficialmente ni nada, y me estoy adelantando pero, incluso si todo cambia, quiero que nos sigamos viendo.

Hizo silencio. Quizás estuviera horrorizado. Pero ¿por qué estaría horrorizado?

Me arriesgué a mirar hacia arriba. Claramente, estaba horrorizado.

—¿No estamos saliendo *oficialmente* ni nada? —resopló.

—Eh —murmuré—, escucha…

—¿Intentas decirme que *no* eres mi novia? ¡P-pero he estado contándole a la gente desde hace un año que eres mi novia! Le he dicho a la gente en el puesto de maquillaje que eras mi novia.

Le he dicho a mi tía abuela Mildred que eras mi novia, y ella vive en una residencia de ancianos, en Florida, ¡y me pregunta por ti cada vez que llama! Sabrina, respeto tus decisiones por completo, pero si no querías ser mi novia hubiera deseado que lo mencionaras antes.

Su aliento quedó atrapado en su garganta.

—Espera —le dije.

—¿Quieres salir con otros? —continuó con un tono aún más abatido.

—¡No! —exclamé—. *No*. Quiero ser tu novia. ¿Soy tu novia? ¿Eres mi novio? ¿Eso es lo que somos?

—Y-yo… —balbuceó—… creí que lo éramos.

—Todo un año. ¿Por qué no me has pedido que fuera tu novia?

—¿Por qué no me has pedido que fuera tu novio? —respondió bruscamente. Luego su voz se atenuó, como siempre. Le preocupaba herir a quien fuera por más mitigado que hubiera sido el mordaz comentario. Agachó la cabeza hasta que me tuvo mirándolo a los ojos y, cuando lo hizo, el desaliento desapareció de su cara—. Brina, ¡estaba demasiado aterrado por invitarte a salir! Terminé organizando un viaje de amigos al cine, y luego llamando a Roz y a Susie para que no vinieran. Ya había intentado hacerlo cerca de diez veces.

Ahora que lo mencionaba, me di cuenta de que en aquel momento había sugerido que fuéramos muchas veces al cine. Cada pocos días. Una vez, para ver un documental de la naturaleza. Fui todas las veces. Ni siquiera lo cuestioné. Solo pensé que quería que todos aprendiéramos datos interesantes sobre los lobos marinos.

Solo había querido estar con él.

Quizás lo que decía era cierto.

Y quizás estuviera diciendo eso por el hechizo que yo le había lanzado. Jamás lo sabría.

—Es bueno saberlo —dije, aturdida.

La diminuta sonrisa animada empezó a desvanecerse porque yo no le sonreía también. Harvey escrutó mi rostro.

—Espera —dijo, y arrojó su mochila de libros sobre el suelo, arrodillándose sobre el largo césped junto al pozo—. Has dicho que recordabas este lugar.

Mis ojos se dirigieron al río, a la superficie silenciosa y brillante que ocultaba el abrigo verde de una chica, el anillo de brillantes de otra muchacha y los huesos.

—Eh, sí —afirmé—. Vagamente.

—Estaba tan sorprendido cuando encontramos el pozo durante el paseo de curso —me dijo—. Sentí que podía ser una señal. Como si pudiera ser... no me dejes seguir si suena tonto... un pozo de los deseos.

—No suena tonto en absoluto.

Los dedos de Harvey se enroscaron alrededor del césped, la tierra suelta y los guijarros errantes.

—Me gustabas mucho, y no sabía cómo decírtelo. Hice un dibujo de este lugar, y tú dijiste que te gustaba el dibujo, así que te lo regalé, y me dijiste que lo guardarías. Creí que por fin encontraría el coraje para invitarte a salir. Pedí un deseo.

Harvey se puso de pie entre la hierba alta, junto al pequeño pozo de piedra, y luego regresó a través de la hierba hacia mí. Me volvió a ofrecer la mano, pero esta vez no quiso que la retuviera.

Esta vez la extendió hacia mí con una ofrenda: había un pequeño guijarro gris en el hueco de su palma. Lentamente, extendí la mano y agarré el guijarro.

Estaba gastado por un año de tiempo y lluvia, pero aún distinguía lo que estaba tallado sobre la suave superficie gris de la piedra: mi nombre: *Sabrina*, y debajo del nombre el dibujo de una rosa rápidamente tallada. Ninguna otra persona podría haberla dibujado sino mi artista romántico.

Un año de tiempo y lluvia. Mi nombre. Su deseo. El guijarro era como una pepita de oro en mi mano.

Harvey me dirigió la misma tímida sonrisa de hacía diez años cuando me había acercado a un chico desconocido el primer día de clases.

—Intenté arrojar el guijarro en el pozo de los deseos, pero fallé —confesó—. Tommy siempre me dijo que no tengo buena puntería. No me atreví a invitarte a salir aquel día, y pasaron demasiados días después de eso. Debí invitarte al cine y decirte que era una cita, pero también era demasiado cobarde para eso. Jamás soñé que llegarías a dudar de lo mucho que me gustabas. Solo me preocupaba que no me quisieras *a mí*.

Sacudí la cabeza. Mi garganta se constriñó y mis ojos brillaban llenos de lágrimas. Cerré los dedos con fuerza alrededor de la piedra.

—Hace un año eras mi único deseo —susurró—. Tras nuestro primer beso, sabía que jamás iba a querer besar a nadie más. Tras nuestro primer día de instituto, volví a casa y le conté a mi hermano que me iba a casar contigo.

Parpadeé. Harvey se mordió el labio.

—Oh, Dios, qué raro, ¿no? Te parece raro. Lo siento. Tenía cinco años. Por favor, recuerda que tenía cinco años. En serio, Sabrina, sé que he estado comportándome de un modo raro esta última semana. No sé lo que pensaba. Era como si… no le tuviera miedo a nada y pudiera arriesgarme todo lo que quería. Ahora todo se vuelve medio borroso. Supongo que ha sido una reacción ante la preocupación de que Tommy se marchara, pero me he pasado de la raya. No hay excusa.

—No ha sido tu culpa —dije—, ha sido la m… espera, ¿crees que te has pasado de la raya?

Ni ese día ni el anterior había señalado que era preciosa como la mañana. Me había llamado *Brina*, el nombre cariñoso que no había empleado cuando señalaba extasiado mis cualidades de diosa. No había sentido vergüenza cuando cantaba la canción o me elogiaba demasiado o realizaba coronas de flores, pero el día anterior había pedido disculpas. Ahora se sentía avergonzado.

No sabía cómo y no sabía por qué, pero de una cosa estaba segura: ya no estaba bajo los efectos del encantamiento.

—Sé que sí. —Un profundo sonrojo se apoderó de sus pómulos—. Todo lo que dije... me refiero a que por supuesto que pienso en todo ello cuando te veo, pero sé que decirlas en voz alta es sobreactuar las cosas, y suena ridículo. Y también está el asunto de las flores, y también esa *canción* horrible... estoy seguro de que tu familia te habló sobre esa canción...

—No mencionaron nada sobre una canción —mentí decidida—. No sé nada sobre una canción.

—Oh, qué bien —dijo—. Olvida la canción. Por favor, no me preguntes jamás sobre ella. No puedo creer haberme comportado así. Y no puedo creer que no supieras lo que sentía por ti, todo porque tenía demasiado miedo de animarme a decirlo. De ahora en aelante, seré diferente. Haré lo posible por no volver a ser un cobarde.

Llegué a una decisión.

—Yo también lo intentaré —le prometí—. No volveré a dudar de ti, y no volveré a dudar de mí.

Harvey soltó una risa suave.

—¿Tú? Tú nunca pareces tenerle miedo a nada.

—Te sorprenderías —dije—. Pero intentaré no volver a tener miedo.

—Entonces estoy seguro de que jamás volverás a tener miedo.

Yo también me reí.

—¿Qué quieres apostar?

—Apostaría todo lo que tengo por ti. No tengo muchas certezas —dijo Harvey—, pero estoy seguro de ti. Siempre lo he estado.

Coloqué el guijarro en mi bolsillo y extendí ambas manos hacia él. Apresó mis manos en las suyas, sonriéndome con el mismo encanto que había manifestado cuando estaba bajo el hechizo, con el mismo asombro que siempre había sentido. Ahora estaba un poco más tímido, un poco más indeciso, y, era mucho mejor, porque sabía que era real.

—Oye, Harvey —pregunté—. ¿Quieres ser mi novio?

Harvey se rio. Agachándose, me besó.

—Sí —murmuró contra mis labios—. Sí, por supuesto que quiero.

Sentí sus carcajadas ondulando contra mi boca, como un río, como una canción. Me aferré a su chaqueta y me puse de puntillas para alcanzarlo. Se inclinó hacia mí, y el arco de nuestros cuerpos fue como el arco de las ramas que se encontraban cerca nuestro. La mirada de Harvey estaba a menudo ensombrecida, pero cuando estaba contento, cuando me miraba como ahora, había chispas en sus ojos parduzcos de color avellana y parecían dorados como las hojas que cubrían nuestras cabezas. Me pregunté por qué había temido alguna vez que las hojas cambiaran de color, cuando el oro era el color de la victoria, el color de la alegría brillante y encendida.

Un día, quizás Harvey me diría que me quería, y yo sabría que lo decía de verdad, y que era cierto. Un día, quizás yo podría decirle que era una bruja, como él me había contado los secretos de su familia, y me creería y empezaríamos juntos una nueva aventura.

Camino al instituto, atravesé el bosque junto a mi novio mortal, llevando mi abrigo rojo como una muestra de desafío. Un desafío de la medio mortal, lanzado a todos los demonios o espíritus o brujas que se ocultaban en la oscuridad, y al futuro incierto.

Vamos. Venid a buscarme. Os invito a intentarlo.

El hermano de Harvey nos pasó a buscar y me llevó a casa en su camioneta.

—La próxima semana empezamos los turnos de invierno —advirtió Tommy mientras subíamos a la camioneta—. Se acabaron los viajes con chofer, chico raro.

—Fue agradable mientras duró —dijo Harvey—. No apartes los ojos de la carretera, conductor.

Le golpeé el brazo y le di un rápido beso, y detrás del volante Tommy se rio. Subimos por la curva del camino hasta mi casa. Me acurruqué bajo el brazo de Harvey. Sentía calidez, aunque el viento soplaba con un anticipo gélido del invierno.

Ambrose estaba sentado sobre la barandilla del porche con su bata roja y vaqueros negros, con los ojos clavados en su portátil. Lo cerró con la llegada de la camioneta y sonrió.

—Tommy. Harvey. Gracias por traer a Sabrina a casa. La tía Hilda ha preparado su famosa lasaña de globos oculares, prima. No te la puedes perder.

Le dirigí una mirada de advertencia.

—Hola, Ambrose. —Tommy sonrió tímidamente a su vez y se inclinó contra la rueda—. Ha sido un placer. ¿De qué es la lasaña de tu tía?

—Lasaña de berenjenas —se corrigió Ambrose rápidamente—. He dicho berenjenas. —Su sonrisa se volvió desconcertantemente amplia al intentar parecer encantador y normal.

Harvey lo miró entrecerrando los ojos. Tommy, un alma confiada, seguía sonriendo como si creyera que Ambrose era divertido e inofensivo.

—Está bien —dijo Tommy, benevolente—, estoy seguro de que es deliciosa.

—Deliciosa es una palabra fuerte —dije—. Pero me gusta la comida familiar. Adiós, novio.

Harvey me dirigió una sonrisa secreta y encantada.

—Adiós, novia.

Ambrose emitió un sonido de rechazo, pero de alguna forma, divertido. Salí rápidamente de la camioneta y mi primo saltó ligeramente sobre los escalones del porche para unirse a mí, con el portátil bajo el brazo.

Por un instante, Harvey y Tommy tenían la misma expresión en su mirada: los ojos de Harvey eran serios y oscuros, y los de Tommy, alegres y azules, casi melancólicos. Volví a pensar en que me gustaría conocerlo más, que nuestras familias se pudieran conocer mejor. Deseé poder invitarlos a compartir nuestra cena familiar.

La tía Zelda no era buena comportándose como una mortal durante periodos prolongados; definitivamente, no le gustaría que invitara a dos mortales a cenar sin previo aviso.

Harvey salió de la parte trasera de la camioneta y se dejó caer en el asiento del copiloto, junto a su hermano, y este arrojó un brazo alrededor de sus hombros. *Están bien*, me dije. *Se tienen el uno al otro. Van a casa juntos.*

Me despedí de los dos hermanos con la mano y observé la camioneta de color rojo cereza desaparecer tras el recodo del camino, bajo las hojas doradas. Algún día, en el futuro, cuando le contara a Harvey la verdad, quizás pudiera invitarlos a cenar.

Algún día. Quizás.

Ambrose, cuyo comportamiento predeterminado con los mortales era coquetear con ellos, rechazarlos o rechazarlos con coquetería, se giró sin otra mirada. Subí las escaleras del porche rápidamente tras él y entré en la casa.

—Oye, ¿puedo hablar a solas contigo?

Ambrose meneó las cejas.

—Suena siniestro. Claro.

Señaló la escalera de dos tramos que ascendía desde nuestro vestíbulo, cuyos lados derecho e izquierdo se enfrentaban. Nos sentamos uno al lado del otro sobre la alfombra roja que cubría los peldaños.

—El hechizo de Harvey ha desaparecido —dije—. Creo que desapareció ayer.

Ambrose emitió un murmullo.

—Eso me ha parecido. Sinceramente, me sorprende que haya durado tanto. El hechizo se rompe con un beso de amor verdadero, ¿sabes? Muy clásico. Muy tradicional.

El hechizo no se había roto cuando Harvey y yo nos habíamos besado sobre la noria durante la feria del Último día del verano. Quizás yo siguiera pensando demasiado en mí misma en aquel momento.

Recordé el día de las espinas y las rosas, cómo había besado las manos de Harvey, y luego recordé a Tommy besando el pelo de su hermano. Quizás había sido yo, o quizás había sido Tommy quien había salvado a su hermano sin siquiera saberlo, como la señorita Wardwell salvaba a las personas junto al río. Había muchos tipos de amor.

—Ya veo. ¿Y cuál fue la última línea del hechizo?

—*Quos amor verus tenuit, tenebit* —recitó Ambrose—. *A quienes el amor verdadero unió, los seguirá uniendo.* Si ya te quería, entonces lo sabrías. Si no... entonces también lo sabrías. Estaba bastante seguro de que te quería, habiéndolo visto dirigiéndote miradas embobadas durante diez años. Creí que sería una sorpresa feliz para ti. No pensé que aparecerían demonios del río. Nadie espera jamás que aparezcan demonios del río.

Tenebit, no *tenebris*. Desde el principio, las palabras habían querido decir «unir», no «sombras». Mi primo había querido hacer algo para complacerme. No de un modo normal y mortal, pero éramos brujos. Ambrose era quien era. No habría querido que fuera diferente en nada.

De todas formas, yo no era una niña con la que podía jugar o a la que podía consentir: ya no. Y tenía que comprenderlo, en lugar de idolatrarlo o temerle. Ahora estaba creciendo, teníamos que comprendernos, incluso si resultaba difícil por lo diferentes que éramos. Teníamos que aprender a ser iguales.

Pero siendo miembros de la misma familia. Siempre miembros de la misma familia.

—Me sentí orgulloso de que engañaras al demonio con el hechizo que lanzaste en el que decías que no te ahogarías —me dijo Ambrose—. ¿De quién has aprendido a ser tan astuta?

—Del mejor —respondí, y observé una lenta sonrisa floreciendo en su rostro.

Cuando era pequeña, no me había preocupado que Ambrose no se acercara a mí o me abrazara. Tan solo acudía a él, lo sujetaba y suponía que sería bien acogida. El día anterior, cuando había corrido a casa para ponerme a salvo, había sentido la misma confianza absoluta. Cuando me encontré en problemas, todas las dudas desaparecieron. Cuando me encontré en problemas, Ambrose me sujetó con fuerza.

Deslicé mi brazo alrededor de su cintura, y apoyé la mejilla contra su hombro enfundado en seda.

—Siento haberme portado fatal contigo.

—Yo también me he portado horriblemente —dijo con naturalidad—. Los brujos lo son a veces. De cualquier forma, te castigaron. Ahora sabes la terrible verdad de que el deseo secreto del corazón de Harvey es darte serenatas con canciones de amor espantosas. Siento que hayas tenido que enterarte. Comprendo si no puedes volver a verlo de la misma manera.

Claro que pienso en esas cosas cuando te veo.

Harvey había dicho, más o menos, que la influencia del hechizo en él lo había hecho sentir lo bastante audaz para decirme aquellas cosas o para arriesgarse. Era extraño y dulce advertir que cuando me saludaba tímidamente o estaba callado o hablaba de comics y películas, estaba pensando secretamente que yo era preciosa como la mañana y que quería cantarme canciones y decorar el mundo con flores en mi honor.

No necesitaba que hiciera nada de eso. Era suficiente saber que deseaba hacerlo.

—Me gusta que me haya cantado una canción.

Ambrose manifestó escepticismo.

—Quizás pensarías de otra forma si hubieras escuchado lo que decía la canción. ¿Quieres que te la cante? Puedo hacerlo ya mismo.

Le di un suave cabezazo contra su hombro.

—No, esperaré a que Harvey me diga él mismo cómo se siente. Me alegra que me quiera. Yo lo quiero de verdad. También se lo diré algún día.

—Me han dicho que el amor puede superarlo todo —señaló Ambrose—. Supongo que eso incluye la desafinación.

Le golpeé el brazo. Mi primo se rio, el brujo malo en todo sentido. Quizás, si no estuviera atrapado aquí, no seríamos una familia, pero aquí estaba. Aunque estuviera encerrado, podría haberme ignorado o evitado. En cambio, había abierto su grimorio para mí y me había enseñado mis primeros hechizos. Cuando cumplí cuatro años, alzaba mis manos hacia él, y se reía y me levantaba, paseándome por toda la casa. Cuando tenía catorce, se reía y me hablaba de chicos.

Había crecido con sueños de un hogar y de mis padres, pero eran sueños. En todos mis recuerdos reales de un hogar, allí estaba Ambrose. Últimamente, había dudado sobre un montón de cosas, pero había algunas de las que no había dudado.

Respiré hondo.

—¿Sabes qué más quiero?

—¿Cintas? —sugirió Ambrose.

Estallé en risas, y comprendí de nuevo por qué mi primo se reía tanto. La risa planteaba un desafío al dolor, y a veces lo derrotaba.

Ambrose se rio conmigo.

—Son cintas, ¿verdad?

—A ti. Te quiero de verdad.

Ambrose dejó de reír. Un silencio se instaló tras mis palabras, interrumpido solo por el estrépito lejano de ollas en la cocina, el murmullo de las voces de mis tías, los chirridos de los viejos tablones de suelo y de las puertas lamentándose entre sí, y, aún más tenue, el sonido de hojas crujiendo sobre nuestros tejados inclinados: los sonidos de mi hogar.

Suave como la luz que se colaba a través de nuestros ventanales, habló:

—Y yo te quiero a ti, Sabrina. Con todo mi corazón frío y caprichoso de brujo.

Mi garganta se constriñó y quedé muda durante un instante. Froté la mejilla contra su hombro.

Él vaciló. Con voz aún más tranquila, añadió:

—Cuando te decepcione, no será mi intención hacerlo.

La idea era ridícula. Rodeé su cintura y la estreché con ambos brazos.

—No me decepcionarás. Estoy segura de ello.

Había querido estar segura de que Harvey me quería, y segura de que mi primo me quería, como si ello significara que dejaría de tener tantas dudas sobre quién era y hacia dónde se dirigía mi vida. Tal vez todos nosotros, brujos y mortales, anhelábamos que el amor nos completase y nos hiciese sentir seguros de nosotros mismos hasta que finalmente llegara el amor, y siguiéramos sin estar completos, y tuviéramos que confiar en las personas que habíamos elegido con nuestras vidas rotas, y quererlos con todos nuestros corazones heridos.

Ambrose no había elegido estar encerrado allí. Yo no había elegido perder a mis padres. Pero a nadie le tocaba elegir a su familia.

Hasta que crecías. Entonces podías elegirte mutuamente.

Ambrose emitió un pequeño suspiro de resignación.

—Entonces, ten esa certeza por los dos.

Nuestras tías nos llamaban, ambas voces unidas. Pronto lo soltaría, y entraríamos para cenar juntos. En ese momento, lo retuve.

—Puedo hacer eso. ¿Sabes de qué más estoy segura?

—Sospecho que de muchas cosas —murmuró—. Cuéntamelas. Estoy aquí para ti.

—Me has preguntado qué clase de bruja sería —dije—. Pues, te diré qué clase de bruja seré: una clase que solo me defina a mí.

Ambrose no respondió con palabras. En cambio, enlazó un brazo alrededor de mis hombros y besó mi pelo. Era un beso ligero como la lluvia, ligero como su risa: chispeaba, y descendía, y desaparecía, pero siempre volvía.

«Perdida, perdida, perdida», me habían susurrado el día anterior las hojas en el bosque indómito, pero el bosque se equivocaba. Así como todos los que me habían dicho que eligiera entre el amor y la magia. No pensaba perder ninguno de los dos.

Quizás el mundo de los brujos y el mundo de los mortales no estaban tan alejados entre sí como temía. Nadie me había dicho que no podía tener amigos mortales y un novio mortal. Si mis dos mundos se apartaban aún más de lo que temía, haría un esfuerzo por acercarlos. Si realmente tenía que asistir a la Academia de las Artes Ocultas, vería a quién conocía allí, qué aprendía, si había algo o alguien que merecía ser querido en aquel lugar. Seguiría queriendo y ayudando a Harvey, a Roz y a Susie, valiéndome de medios mágicos o mortales. Seguiría siendo parte de mi familia, que jamás sería una familia tradicional y que siempre me pertenecería. Confiaría en la señorita Wardwell, que me había leído un texto sobre una mortal que conocía la verdad de una bruja y que la había apreciado. Yo tendría las verdades de todos. Arreglaría lo que fuera que necesitara ser arreglado.

Fuera lo que fuese en lo que me convirtiera, sería una bruja Spellman, peleando sobre el suelo de los Spellman.

No estaba perdida. Estaba en mi hogar.

¿TE GUSTÓ
ESTE LIBRO?

Escríbenos a

puck@edicionesurano.com

y cuéntanos tu opinión.

ESPAÑA ⟩ 🅕/MundoPuck 🅧/Puck_Ed 📷/Puck.Ed

LATINOAMÉRICA ⟩ 🅕 🅧 📷/PuckLatam

▶/PuckEditorial

¡Gracias por vivir otra
#EXPERIENCIAPUCK!